妩媚归途

西楚 著

黄河出版传媒集团
宁夏人民出版社

图书在版编目（CIP）数据

妩媚归途 / 西楚著. —银川：宁夏人民出版社，2017.10

ISBN 978-7-227-06761-0

Ⅰ.①妩… Ⅱ.①西… Ⅲ.①诗集—中国—当代 Ⅳ.①I227

中国版本图书馆 CIP 数据核字（2017）第 272379 号

妩媚归途　　西楚　著

责任编辑　杨敏媛
责任校对　白　雪
封面设计　圣立文化
责任印制　肖　艳

黄河出版传媒集团
宁夏人民出版社　出版发行

出 版 人　王杨宝
地　　址　宁夏银川市北京东路 139 号出版大厦（750001）
网　　址　http://www.nxpph.com　http://www.yrpubm.com
网上书店　http://shop126547358.taobao.com　http://www.hh-book.com
电子信箱　nxrmcbs@126.com　renminshe@yrpubm.com
邮购电话　0951-5019391　5052104
经　　销　全国新华书店
印刷装订　四川金邦印务有限公司
印刷委托书号（宁）0006840

开本　880 mm × 1230 mm　1/32
印张　9　字数　220 千字
版次　2017 年 11 月第 1 版
印次　2017 年 11 月第 1 次印刷
书号　ISBN 978-7-227-06761-0
定价　35.00 元

·序·

他还要到更远的地方去

赵卫峰

西楚这个名字对于中国70后诗人阵列是个不可遮蔽的符号。他的写作既充满强烈的民族意识，又不乏对传统和现代都市的反思，民族性现代性兼容并包，呈现出独特抒情的气质和文化传承的担当，在当代诗歌中独树一帜。此刻，对西楚进行阅读时，他的代表性我感觉到，我也仿佛是在对新世纪以来贵州诗歌的先进部分进行浓缩式的回顾。

西楚对语言的敏感几乎是一种秉赋，他不单可以将碎片般的时光印象剪裁组合成艺术化的语言蜡染，且能以文字作囊，多维地揉和如影像、新媒体、地方传统及民族文化等各种“语言”。就此而言，他不仅是贵州，也是国内70年代出生的诗人里少数能够跨越诗歌审美栅栏及语言边界的好手。多年来，中国诗歌无论是写实或象征，无论是文雅的知识语体或通俗化的日常口语，甚至如一些更具体的倾向或概念化表达方向如神性、地域、民间、或主旋律抒情等，其语言方式相对而言是同质的，比方说，当说到主旋律诗歌的同时，几乎也就同时能印象地感受到某类固态的模式化的易辨认的语境。各个写作类型因此往往会形成写作圈子相互间的不解与沟通难度，然而西楚的写作似乎并不受此限制，他是包容的，语言对他似乎是武器，或交通工具，他可以相对随意地游走于各个诗歌城堡并撷采营养。

不同的语言表达路径本身也是审美观、价值观的体现，西楚之跨界行进证实他是一位明智的歌者，有超强能力与活力的行者。他的写作特别是早期诗歌血气与热情、忧愤与喜悦都清淅可观，后期的写作更加圆熟，多含机锋，美丑共生又分明可视可感。至少在贵州，在国内70后诗群里，他也是少有的把观念、情感与语言结合得相对完好的极少数创作者之一。换言之，这也表明了他是“自我感”很强的诗者。

诗歌及文学的首要任务是认识自己，发现自我，这过程伴随着身心环境与自我存在度的判断与确定，这是一条不知所终又必须的人生长途，有时我们看到若干掮着现实主义、主旋律、接地气等的诗作显得理直气壮，在艺术表达上又易单向度或粗糙简陋，原因之一也就是这类写作者以为，写作就是道德表态，就是现象化以为然的正面总结或真善美的主观代言，忽略了真善美对自我生命状态的探寻是诗歌的首要任务。西楚对此保持了高度的警醒，在他笔下，莫明其妙的梦幻、作为本能的欲望、后天成长的经历，都通过了语言独到整理与理性判断，再向他所持有的理想的精神境界靠拢，这当中批评与自我批评同在。这其实也是一条个人自我呈现的曲径。当诗人主体性相对实现之时，他的写作就是有效，就不是盲从或盲目性的。

也因此，西楚的写作表面看有感性明显的抒情外衣，实则又包藏内在的批判与反思色泽。诗歌作为一种语言艺术品，关于生命、生活和赞颂、娱乐、愉悦感自是必须的，但只讲究这些方面肯定不够，当我们触及“真善美”之时，本身就意味着问题意识的同步启动。西楚对此的态度是鲜明的，他的方式是自我理解和化解，自我对话与交谈，这种自语环节很能锻炼和考验诗人，同时也表明诗人所居的档次。因为，一个有为的真正的诗人，需要先与自己交谈、谈判，救赎或斗争，经过反复的用心比对，才会自在地将个体的声音从容且自由地吐出。

个体的生命信息在传达诸如日常发生、当下变化的同时，也是昨日之重现与整理。作为东亚大陆历史源远流长的苗族之新一代知识者，民族文化、地方文化必定是西楚需要面对的。苗族是一个有着逾五千载历史的中国最古老的民族之一，但我并不愿意将西楚定义为一位运用汉语写作的少数民族诗人，虽然他在写作中不时主动返回、介入、环绕本民族历史文化之种种，甚至直接运用苗族语言，但我还是以为，这只是为了实现“诗歌”综合功能与表达的探索及试验。当然肯定的是，少数民族文化传统的支持，有益于西楚诗歌气质的建塑。

同样作为中国西南山区原住族群之一员，我时常也有些西楚式的体验。关于贵州，在这山坳上的中国，每一座山每一条水都是熟悉都是亲戚，而认识与抚摸的同时我们又保持着相对的理性。就“民族文学”而言，单纯将少数民族文化因素与当代诗歌的结合或是一种写作策略，或是对阶段性主文化的盲从——而非立足于深切理解之基础上的、发自内心的如实表达与真性情流露；这很大程度上当然与创作者的文化素养及写作才能有关。对西楚而言，我深深感觉到一种“真”：他生长于黔东苗区，现在仍然会熟练地运用苗语，他的第一母语。值得称道的是，他可以同时在当代物质环境与传统民族文化环境中自如游走，他能从容地将苗族文化传统与汉文化传统作为创新型营养。这是他的优势，亦可谓一种胸怀。

西楚早期的诗中对地方文化甚至古苗巫文化有所触摸，这不仅是对神、神秘的过去的文化迹象的好奇，也是一种对与自己息息相关的民族群体往昔的忠诚与坚守，我更愿意理解为是一种关于“原来”的信仰；诗人作为特殊的知识者，怎能没有关于族群、地方的深度思考。而他又深知，“苗族古歌”“汉语古诗”肯定都是必须的文化与精神资源，又并非完全等同于当代诗歌，正如“昨日重现”只为了更充实今日与明天。西楚明白，从中寻求有机链结并进行文化整合，在此基础上发现当下生命、生存、生活和存在的艺术真相，并捕捉其本质、变化与复杂性，是当代诗歌在更高层次上的要求。他也正是这样努力的：一种开放的、吸纳的、整合的努力，一种个人对语言与生命、生活的复杂关连，对物质环境、心境与语境的审美认知。

对于好诗人，内容及题材选择、形式建设、语言实践几乎是有机的统一。在常态中发掘非常态、在对客观存在及发生的审视过程中，西楚保持着几乎作为“方法”的忧郁感与疑心，但并不轻易肯定或否定，他知道诗歌并非主观的喋喋，这是成熟写作者所必须的素质和能力，由此，他的表达在敞开的同时其实又有所暗藏与保留，有时他会强调细节，有时又会以粗线条貌似不在意地滑过，其实这恰好显示出内心情感的节制和明确，并保障了他可以有效地达到精神生活与现实发生之间的和谐交融之境。

对题材的选择其实也是对生活的明智介入，西楚在此是巧妙的，他往往从情感生活、经验进入，声东击西地转入记忆、社会经验，语言于他仿佛河水，不时激溅或漫溢向作为社会环境的堤岸。这河水自然是流动的，因而也是持续更新的，或说西楚的语言有自觉革新的内在动力，这相对地避免了写作者常难以解决的自我重复或匠气，也让他在世纪之交以来，一直保持了写作的敏锐与蓬勃之气。

任何语言都是对应于客观现实的，而现实始终不是一成不变和凝固、静态的，西楚通过语言对他的视界、世界进行着他的阐释，对诗人而言，这是一种安慰式的动态式的返回，是归途，也是前进，其实也是从哪儿来、到哪儿去的持续的追问。也正因了地方与民族文化对他的馈赠，因了他对语言的良好感觉，这追问的过程，也就成为了他对自己“追认”——在文本表现上也是一种自我感受的辩证过程，作为“人”及“诗人”的主体性也因而在对现实与梦想的艺术化处理过程中得以有效建立。

归途与前路或许也是同一条，正如言志与缘情本可同步。每位诗人总有些衷爱和习惯，“归途”这个词或它的类似意味常在西楚诗中出现，其实也就表明了诗人的某种持续情感倾向，出发也是回归，人生在世，在路上是始终的状态。而“妩媚”，通常形容美好可爱的姿态；如此看，“妩媚归途”大意可以是指心存美好，因此持续寻找、验证美好的意愿。以一首诗名并不能臆测一位诗人的全部，但爱美、审美，发现美及美中不足，本来就是一位认真的优异的写作者应有的素质和担当。西楚一直就是这样的。

美是一个古怪的词。什么都可收入囊中，但对于同样古怪的诗歌与诗人，对于美，往往会有一个发自内心的前缀，即审美。这包括了怀疑、反思、求索，以及判断和理解、融解。这当是西楚最为与众不同之处，也让他的写作虽以抒情为主线或为明显表征，但又远远不只是为抒情而抒情。近十年来，西楚诗歌逐步成熟，每一首诗，都充满着他对现时生命、对现实环境的疑虑和理解，其文化担当意识往往跃然字里行间。作为中国“70后”代表性诗人之一员，西楚和他的写作也由此独特且鲜明，就区域诗文化格局而言，他的写作对于贵州诗歌有了先锋意味的刷新。

在世纪初，西楚曾与另外两位70后诗人被诗友们善称为诗歌贵州的“三剑客”，在一个访谈里西楚谈到，“三剑客”曾让21世纪初的贵州诗歌不至于寂寞，这个认识应当客观。曾有评论家认为，西楚坚持为内心的自由而写作，为对边缘的坚守而写作，为对灵魂的不懈颂扬而写作，为对诗歌的抒情本性复归而写作，他竭力想挖掘语言表象下面的真实，和日常生活细节背后的善美，他几乎是本能地掌握了诗歌产生光泽的秘密，对贵州当下诗歌有着重大意义。“三剑客”在贵州这样一个边缘地域，极具边缘品质的创作精神丰富和推动了当下贵州诗歌的发展，这个定义同样客观。换言之，十余年弹指，“三剑客”仍然是黔省区域诗歌一个不可或缺的尺度，这说法同样也是客观的。

如今，西楚已近中年，人生豁达，但我知他其实始终是一个复杂而异样的诗人。复杂意味着多维、多样和多种可能性。2003年，在《星星》“首页诗人”栏目中，西楚在创作谈里意识到，无论内心的突围或疲惫的飞翔，归程肯定充满矛盾、传奇和哀伤——这本也是普遍意义的“乡愁”吧。而在路上，对于异样的诗人，所有生存的隐秘，身心的感动，都能成为力量，都能为诗意的时光凭添多彩、诡魅与魔幻之美；作为精神迷宫的边缘探险者，西楚早已知道，返乡之旅从来都是一条不可也不该确定的艰难曲径，唯有持续，唯有在自律与自觉……正如多年前，他曾写道：

每一个行色匆匆的陌生人
他们有的回家
有的要到更远的地方去

是啊，像多年以前，让我们一起，回家。像多年以后，让我们一起，到更远的地方去。

2017年秋草于贵阳煤粑场

目录 CONTENTS

第三部分　变形记（2003）

第四部分　叙事曲（2004）

第五部分　短剧场（2007—2009）

附录　之间，言说

第一部分　小太阳

（1996—2000）

大风吹过，就不再吹了

菊花还很年轻

年轻的还有祖国

归　途

秋天回家的人
是大雁的兄弟

阳光深深地
埋进草丛里
他看见

割草的人
和镰刀一模一样

1996 年 10 月 25 日

日　记

凌晨5点半，列车准时进入耳洞
这是它整个旅途中最黑暗的一段
北方的寒气在巨大的轰鸣声中
深入春天装饰的身体

“真正的流浪者？”我的声音跳跃着
缺乏节奏地落在每一张慵倦的脸上
此时，他们缓缓从北方的夜晚探出身来
瞬间被云贵高原的雾气淹没

1997年6月22日

合唱队

那首歌，像一条蚯蚓
在空中弯曲

高音和低音溶在一个方块里
黑色须发掀起的
风暴
把他们带到一个遥远的地方

大厅仿佛坍塌
每一张化过妆的脸上
掠过飞扬的云彩

1997 年 6 月 25 日

怀抱雪花的少年为何失声痛哭

石头在时间底层被频频梦见
怀抱雪花的少年为何失声痛哭

打开的纸页落不下一个文字
怀抱雪花的少年为何失声痛哭

冬天与冬天又一次重叠
像脸和刀锋，在夜间相遇

怀抱雪花的少年在春天逗留太久
即将忘掉的一切，温暖而残酷

1997 年 12 月

我常想起的人手捧月亮

黄昏过后大海忧伤
我常想起的人手捧月亮
日子苦短，瞬间漫长
一扇窗子打开
另一扇禁闭一如她那低垂的脸庞

大风吹过，就不再吹了
菊花还很年轻
年轻的还有祖国
众人的故乡此刻正是夜晚
大地之上生长牛羊

我一天天地想
我一天天地遗忘
我看不见的都那么美丽
夜晚尚未过去
朋友和爱人，流浪四方

我常想起的人手捧月亮
月光照不到我居住的地方

1998 年

月　亮

大海的蓝色心脏，高过鱼脊的月亮
饮酒之后谁依旧托着空空的杯盏
立于风暴中央

红铜之焰如此迷人！
吞下梦想的人
将回到谁的故乡

敞开的夜因而漫长
破旧的马车摸黑走遍大地

月亮，月亮

千年前和千年后为何我们做着同一个梦
梦见同一只冰凉的乳房

1998 年 4 月 6 日

凝固的时光

当你背着凝固的时光，在黑暗中间
抚胸而坐，看见云朵了吗
看见飞鸟了吗？你看见流水瞬间铺满纸面

天空收缩，在你的双眸之内
为什么含泪？为什么青春的身体会擦痛无辜的墙壁
为什么黑发落进夜晚便消逝无声

而你凝固在时光中，回答
凝固在肺部，像小小的野花
在阳光下关闭自己和春天的梦想

这姿势难以改变，你时刻
把心握于手中，把命运摊开
有什么人像你不知疲惫地枯坐

又有什么人打着雨伞反复经过窗前
多年前的夜晚
和今夜如此雷同

无法打开的依然沉默，你在一个人
蔚蓝色的幻觉里多么真切地接近时间
像一把木梯，在心中慢慢断裂的过程

1998 年 6 月 8 日

送奶车载来的早晨

当送奶人在门口出现，你看见生活从此开始
这没有阳光的早晨暗示日子无限漫长
失去目标的人永难跨出夜复一夜的黑暗

因而你把一天置于纸页之上，不断描绘又不断涂改
因而你迷醉于芳香的奔驰之中
“生活无非土豆……”握刀的手一阵阵战栗

得感谢一些什么，譬如卡通电影
老虎走进城市张嘴只见花朵盛开
同时也是实质性的需要。你得以张罗事务，潜心劳作

而公交车走走停停，让时间出现缺口
如同日记本缺页那样新鲜（日记本陈旧
诗句晦涩）但你还面临很多

譬如餐刀在食物之间忙碌
譬如电脑的侵入如此富于情趣，再譬如
送奶车通过夜晚复制又一个冰凉的早晨

1998年9月21日

鹿　群

我的文字所不能描述的鹿群
在风中张开翅膀

阳光在静止的地方布下阴影，化作青草
和大地，昂扬的鹿群
在途中追逐的，你不必轻易回首

回首时你就老了。丛林不断
理想比你们更小更易于躲藏

远了，更远了，那是山冈
或者我的目光已追赶不上，鹿鸣声声
彩色的鹿和披着风衣的鹿

可知道我爱着的鹿，奔跑的时候
心在空中夜夜痛哭

1999 年 8 月 12 日

小小的太阳

端坐邮车上愁眉紧锁，就像
今夜我的女儿
十个梦梦着的新娘

蓝瓦房穿戴金银花
风中看不清自己的模样

哥哥出门，哥哥在家
老虎用歌声敲门你不要开
老虎想着小小的太阳

哥哥出门，哥哥在家
哥哥无心打水，赶着白云过山冈

2000 年 1 月 20 日

第二部分　妖精传

（2002）

为找一条小路回家

他们孤单而不知疲惫

讲述者

我只有讲述它才能得到安慰

——《泰坦尼克号上的女佣》

日日逼近的冬天的潜台词，在他
横穿马路的瞬间，如大厦轰然倒塌
“男主角走在上班的路上，不经意的
一次回首，改变了自己一生”
他所说的故事
正在南方某个城市流传

此后很长一段时间，他沉迷于花边新闻之中
阅读的乐趣，游离在
翻动的十指之间。这些煽情的文字
堆积着，逐渐淹没归途
而他不能忘却的是
上周末的南方之行，带回的沉重行李

“内心的逼迫。”他甚至喜欢上它
依偎着，相伴整个旅程
午夜时他热泪盈眶，有如

自己的亲身经历。他渴望被打断
就若一切没有发生，或永无结局
就若本地生活无法支撑的强烈愿望

就若这些软弱的文字，漂在时间表面
要表达的含糊不清。他的退场出人意料
当某日在街头偶尔相遇，面对着一堆哑语
所有人都流下眼泪
就若这些软弱的文字，无法记下
他为听众留下的简单祝福

2002年3月6日

她的歌

他来听我的演唱会

——某歌

那一只夜莺。在城市深处旋转的
蓝色幻影，她的歌
怂恿着每一个人
“假若没有这词语的盛宴，她的歌
会不会这样动听？”
时间在变软，台下的目光
慢慢凝固。所有的可能
正在向同一种可能悄然逼近

在狂热的背后，一切又变得冰冷
那一只夜莺。所有不在服务区的人
失去自己的声音。她的歌
是这样唱的：“给我一个空空的酒杯
用它盛满枯萎的玫瑰
当你还在海那边没有苏醒。”
这只飞过来的夜莺
经历着一次幸福的降落

曲终人散的时候，她的歌
被带往不同的地方。而她
把谁带走？又有谁愿意
在开始的地方写下结尾
“但这还在过程之中啊
对于一个记忆中的城市。”她喑哑
她挥手
发觉自己正渐渐变得陌生

2002年3月18日

从博爱路开始

谁会相信，博爱路是一个遥远的地方
让多少赶车的人，在途中挥断马鞭
咖啡与茶，虚幻与真实
我们的人在黑暗之间
举起一生中灼热的杯盏

苦苦守候一个词：青春
理想或者热爱。而玻璃门的反光中
敞开的博爱路暴露着昨日的忧郁
对这一切，我们的人熟视无睹
我们的人忍受着慢性的疼痛

桃花转眼催开三月，我们的人
迷失在博爱路，试图亲近一条河
却一次次为流水所伤
“一切并非书中所说。”
文字中透露的欢乐如此的轻

那一夜，露水打湿不眠的眼睛
一次又一次温柔的点击之后

夜色覆盖冰凉的博爱路
而我们的人
捧着内心的灯火相互靠近

2002 年 2 月 27 日

她带回大海的耳朵

那是她的承诺，那是她在春天
犯下的致命错误。像悲剧电影中怀抱爱情的女主角
在银幕上盘点青春时
作出的决定：她只针对一个人，而意外出现
却让整整一座城受惊。最终
她带回大海的耳朵，却失去了倾听的人

当平坦的广场上黑色草坪渐渐为大家所熟悉
她无法面对的探索者，那些积蓄已久的
泪水慢慢被化解。他后悔了吗
他把握着自己的樱桃树，他控制着
她唯一可口的果品
“相互折磨。”他们为此交锋而找不到借口

“不要和陌生人说话。”这是他唯一的要求
他那段精彩的对白被生活删除得一干二净
还需要努力吗？在春天即将远去的周末
她在街头找到一份往日的晚报
兴奋是短暂的。她发现所有美丽的文字
都没有了色彩

事实是这样：时光在她允许的范围内发生偏移
所有事物都呈现出冰凉的本质。我们想想
退一万步来说，她可以是一张白纸
正面和反面一样需要填充内容
再退一万步来说，她可以再拿起笔
像描绘唇线一样，为这个故事写下另一种结尾

2002 年 4 月 14 日

给黛帕达的哀歌（四首）

黛帕达在途中

“再一次离开，唯一的感觉是
路上也有缺口。”黛帕达
被黄昏中缓缓流露的哀伤
再次打动
来不及回首，打量格鲁格桑
这座细雨中渐渐消隐的城市

她带走一件单衣，和一颗
更为暗淡的心灵。她在途中
找每一个人谈话，却无法得到安慰
或许，时间已悄悄擦亮
尘封已久的暗器
刻意，让一个人，再次负伤远行

“但本质是不一样的。”她尝到一点
关于明天的，微带苦涩的甜蜜
她无法把握的青春
在一首老歌中，一次次迂回

这是
南方所不能包容的爱

刻骨铭心的表达
可以放弃和
不能放弃的表达，像手中的双程车票
她揣摩着，此时的格鲁格桑
一个人要面对怎样的孤独
“而爱也在深处埋下恨的种子。”

2002年5月25日凌晨

大海之上或与黛帕达同行

黛帕达不得不从午睡中醒来，一遍又一遍地
梳理春天。那慵倦的海面
被一个人的名字刺痛，那渐渐逼近的气息
比大海的呼吸更加深远。期待中的船队
必然经过这里，黛帕达
一只刚刚张开的贝壳，告别她隐秘的生活

梦想，甲板上积起的盐
从此变得真实，从此远道而来的黛帕达
要忍受幸福的煎熬，以及幸福掀起的波浪
没日没夜地拍打。她年轻
她曾不可救药地爱上旅行，而没有岸

她要与这朝云暮雨的海上孤城相守终身

行程表上只剩下七天时间，小小的黛帕达
青春将在这里耗尽?
一个人为她备下粮食和淡水
一个人为她呈上爱情和诗歌
望着空洞的船舱
海为什么哭了？黛帕达为什么哭了?

隔着一千年未曾相认
内心的风暴想念她永远的姐姐
时隐时现的海平线上
泪水溢过心灵的刻度
等不到下一次季风的来临，黛帕达
水中的背影处女般无法平静

2002年5月8日

和黛帕达一起飞行

12月的黛帕达显得有些疲惫，她在紫色月光下收
　拢翅膀
她要靠近我，而我们说：“冬天来了。”
从早晨到夜晚，曾经中断的怀念在电话线两端
显得无精打采，我们所迷信的未来
现出比纸还要苍白的底色。当一场爱情需要挽救

我们说："激情已经在昨夜耗尽。"

6000公里外的那个城市，她哭泣，她死死握着不愿放弃
曾经从手心滑过的草绳——它倾注一个人一生的编织
它糅合安慰与并不道德的猜疑。想想，如果天气变好，
如果黛帕达的飞行没有顾忌，如果她的坠落能够画出
一段接近完美的轨迹，我会说："哦，幸福往往在一念之间完成。"
尽管此时的格鲁格桑，不得不接受一日比一日锋利的风吹

尽管夜晚的覆盖不可避免。在一段依然感伤的对话之后
有人就要屈服，有人穿过圆底的小酒杯
轻易就看到，那曾经美丽的正在退出
那曾经茁壮的正在萎缩，那每晚准时发出呼唤的小妖精
死在陌生的客房里。一切成为不可追忆的往日
只有当他偶尔翻阅旧梦，流露出一段不可告人的情节

和黛帕达一起飞行吧，在没有人光临的街道

带走昨日的阴影，在这座城市还没有彻底醒来的星
期六
像一趟前往郊区的马车，带走自己偏爱的异乡人
而我一样要面对，黛帕达，和她献给南方的温热
躯体
我打听不到更多的消息，我不能在格鲁格桑之外
继续聆听外省的雨水，让归来的人渐渐低下自己的
声音

2002年12月22日晚

大雪或格鲁格桑之夜

就在今夜吃下大苹果，就在今夜
从黛帕达体内取出一场旧事
取出被遗忘的炉火和惊慌失措的小狐狸
就像当天早上，她在超市门口遇见的陌生人
他们从交谈中取走一小段黑暗
之后又深深懊悔

只是和平常不一样，这一次他停留了很多天
北方来的冷空气，在南方被稀释
被演绎，一夜之间
穿过那让人怀念的深深小巷
而疲软的音乐无法引路，一夜之间
格鲁格桑失去隐秘地址

天亮前他打探到最新消息：很多人出去了
很多人没有回来
宝山路上，零零落落的马队
被收藏，被搬来搬去
而那奔走的还在屋顶上，忙于阅读和著述
他翻出自制地图：“多年前我们的雪下在这里。”

再远一点，他看到我
看到黛帕达，看到格鲁格桑并不平坦的道路
被提前来到的敲门声唤醒
“时间到了。”此后他发现生活中不断涌现的
这些面目苍白的事物，
结果被掩藏在一声紧接一声的叹息里

2002 年 12 月 31 日凌晨

遥望黔南的孤独

——车过独山想起梦亦非

那巫女转眼消失在林间。在黔南
一个人披发作歌，腹腔中蕴藏的隐隐瘴气
侵蚀着旧年的情事。伸手无法触及
却又无处不在。让都柳江留下暗伤
让都柳江彻夜难眠，怀着柔软的孤独
蜿蜒而去

潮湿的语言，更甚于清晨间露水稀释的道路
而我将去得更远。独山
那些飞翔的燕子无处安身，那些背着忧伤来回的
燕子，被时间捕获
“而我拥有更广阔的世界。”
生活比戏剧更需要虚构：一座城

图解着黔南的孤独。洞察山中岁月
和水下生活，低矮的木板房
饮下多年前积下的雨水
骨骼一节节变软。而车过独山不过几分钟的事情

回望中，一个人的目光渐渐坚挺
所有人在白日梦中对另一个世界产生阴暗的动机

那段颂辞最后被风改写。在黔南
怎样想象一个人妩媚的归途
“只有上岸才能获得自由的生活。”坛子里的鱼
游上屋檐
鱼吐露着节节攀升的欲望。而青苔丛生的家谱中
一个词，敲打着所有的词
一片木耳在阴雨天，荫庇万物生长

2002年5月1日于贵新高速

枫木组歌

1. 镰刀斜挂

它锋利，它隐忍和神出鬼没
它鲜艳的青春在牙果*的抚慰中
不吭一声悄然离去

它爱上枫木——
它在傍晚亲近火塘。当有人
捕捉到黑夜再一次来临时
那一弯刹那间收缩的光芒

它不说话
它需要众人的父亲
一次新的锻打。曾经饮下
林间小妖积蓄的雨水
和春天的欲望

它蔽盖屋檐，死亡和阴影
它寻找失踪的枫木

和另一些人的存在

2002年6月19日凌晨

2. 向晚的蜘蛛

这么多年了
永不宽容的所在，牙果的声音
无法被代替：黄昏，黄昏

蜘蛛在编织，在跟随
牙果在走动，在跟随

但是，夜晚盖在身上
枫木的温暖被层层阻隔

而河流细得像一线血脉，沿着板壁
背诵回乡的路径

风从西来
风应该从东边来
像牙果一样："没有人
躲得过往事和惩罚。"

2002年6月20日凌晨

3. 岩上花之唱

孤独而不能原谅
风的游走被一段词阻挡
这里是深深的黑夜
飞翔的喉被一段词带走

这些不相信大地的人
终日在山中潜伏　等候

还必须在早晨带上竹筒
前往深山打水
还必须路过岩上花
和它短暂的绽放

但内心洁净的高大的枫木树
拒绝群鸦的合唱
她看见的
和死亡如此不同

4. 和巴狄熊*对话

只能给你一座阴暗的谷仓
用来收藏
被时间亵渎的身体

只能给你一个月亮
而它太轻
像你给予的爱
整年压在一堆灯草下面

没有人能点亮它
所有人都曾悄悄
拿出火镰

如果初一离家
你必须在十五回来
准时打扫牙果晦暗的额头

一枚果实从唇边滑落
世界安静下来了
而你不能阻止的是
它吐出了苦难之词

2002年6月21日

5. 牙果绕过堂屋

那一小段黑暗
拖着长尾巴。像极了
牙果绕过堂屋的轻轻叹息

藏身于屋角的小兽
始终没有被惊动
它来不及说出枫木林的秘密

它在酣梦中打听一个人
而我对这一切一无所知

它靠近一段腐败的身体
打算在雨天将它修复

所有的清晨都来得如此缓慢
很长一段时间了
只有牙果和我们在一起

6. 把瓦片放进火塘

被覆盖的，在瓦片下面
就要被揭开
揭开，那是一口水坛
牙果暗藏的小小秘密

如今将它放进火塘
它是温暖的。父亲们围集起来
面无表情，而内心出现裂口
和夜晚没什么两样

第二天一大早，他们出去了
带回新鲜的草，光亮的鱼
带回母亲，和一场大水

7. 悬挂在母亲腰间的记忆

银饰包围着的血
和泪水
母亲不知道，他们从哪儿来

只是在夜里，发出光
和声音
母亲不知道，他们从哪儿来

为找一条小路回家
他们孤单而不知疲惫

像山风软软地吹过
枫木在瞬间都低下头去

2002 年 7 月

8. 点灯

像秋天的果子纷纷坠地
这微小的亮次第打开

我们看见牙果
深坐在阴暗的傍晚
坚持数数

她不出声，她包容着
怀中的灯盏。那让人留恋的
一片旷地，其间生长的铁
和深夜潜入其中的人群一模一样
渐渐老了

直到老了，没有人知道
数术中的灯盏
已经安睡
而大风吹送不息

2002 年

* 牙果：苗族对祖母神的称谓。

* 巴狄熊：苗族祭司。

阿德呼鸠

“这一刻我看到时光的暗。”那上过釉的实木椅子
那曾经在它的光泽中刻画过生活的手
此刻闲垂一边。像劳累了一天的服务生
闭上眼睛看到缤纷的景象
和春天一样不真实。他不知道，守候中的爱情
比一个迟到的人来得更加缓慢

到了傍晚时分，街边的玫瑰就惊慌起来
对于一个异乡人而言，他拍打这座城市
却无法让它醒来。而只能这样
公交车日复一日地驶过，在终点
与起点之间，林荫铺地的宝山路
没有人知道，曾经埋藏着如此不安的灵魂

阿德呼鸠，一个地点，或者
一个不具意义的词。唯一的见证只有
悬挂墙头的青春肖像
在酒杯中的倒影，依然动人
如同这些整齐摆放的玻璃器皿
等待着语言的亲近

一贯的灯火悄然退台，遥远的事物
从四方汇聚，他不知道
一匹快马如何拉近夜晚的距离
他不知道正前方，一方小小的屏幕
预演着明天的所有细节
“给我一杯水。”他同样不知道
对于一个事件而言，这是开始还是结局

2002 年 11 月 17 日

妖精传

——献给黛帕达的爱与死之歌

这飞翔让人疲惫。

——引自旧作

1. 序诗

宝山路的黄昏像我昏黄的记忆
这些年轻的香樟树，这些异乡人
这些流动之后静止了的十月之诗
到十一月就低下头来

十一月，冬天的火红与白纸的白为何
偏偏相遇？
像我满怀的虚空被一趟出租车
带着穿城而去，像我途中所见——
幽闭的黑胡椒牛排馆，餐刀一样
冰凉的世纪在它自身的反光中
悄悄隐退

“让我唱一支歌好么？”让我在
即将消失的外环路上继续打量

每一个行色匆匆的陌生人
他们有的回家
有的要到更远的地方去

2. 昨日重现

被拒绝的神秘的造访者，哀伤的造访者
终日在山中伐树。之前他出过一次远门
他说：火车，火车。他把一座城带回来
被人们一块一块地拆散，在相应的街道上
标注自己的姓名。他说
他已记不清大天使的降临日
这从不间断的劳动，是为了
等一只老虎在死亡之前骑着对手回来

爱上铸造的人，除了跟随父亲四方游走的小银匠
还有理老*，还有乡村小学二楼上
住着的一对年轻人。他们同样痴迷
同样善于在夜晚表达自己
在表达中忘记已经染得不轻的风湿病

这和爱国者的童年没什么两样
每一场雨水都钟爱孤单的屋顶！
小动物的死亡，没有声音的恸哭

南方的腐败气味，让瞳孔硕大的母亲
在夜晚尚未来临就沉沉睡去
而她留下灯盏，她粗糙的手掌留给我们
那些错乱的纹理中，隐隐可见
天空和道路交织在一起

3. 有关黛帕达的造访

就算没有黛帕达在9月突然造访，我也懂得
在秋天摘下一只苹果，和更多的
苹果。在风雪到来之前，把它埋进深深的谷仓
然而，然而我爱上了银行家的女儿
“这天才的白痴！”
他让黛帕达在午夜独自骑飞机回家

一年中得有一天停下来检修自己的身体
把它洗干净，这新世纪的婴儿
这内心脆弱的恶魔。他在公共澡堂暴露自己的身份
他差一点与黛帕达擦肩而过。他的渴望
和刀锋一样含而不露！为什么
还要挽留这冬日里隆隆远去的雷声
为什么迟迟而来的春天和黛帕达一样充满敌意？

格鲁格桑*，在地图上它是致命的，它模糊
而内心尖锐，它宽容
而爱情像云一样飘忽不定
在所有的晚宴中，将沿袭一贯的灰色礼服
餐刀失去自己的光泽

照不亮黛帕达，和她充满传奇的一生

4. 我之书

假如让我在雨水充足的陕西路停留半日
我会说：哦，格鲁格桑
这大地的裂痕，这消耗激情的园子
在它的晦暗中包容着茂盛的生殖
在它的包容中，有人将一生就这样交付，错过
充满奇遇的岁月

而每日下午总有一队小精灵从内心出发
他们青春年少，却早早地学会了疲惫
在次南门将有短暂的停顿。让那些在市政建设中
得到欢乐的外乡人，无法理解
在城市的背面，他们担负着另外的经营
比如爱，比如青春游戏

而我的高空行走无人察觉，而我的吟诵
无人应和。就像黛帕达习惯于南明河的水声
而忽略了捕食、浣洗
这是11月的上午，街道上的玫瑰花店排着长队
等候即将在12月死去的大众情人
甚而，惊扰了从门前走过的小精灵

5. 死之书

如果没有等到这一天，你不会懂得

那灿烂的词语之花瞬间的绽放
快速中的缓慢和泪水淹没的苍凉
你不会牵着马，在延安路上一直走到天亮

这样的结局，让人忆及那个早些年北平来的先生
他逃避命运，被命运惩罚
他追逐爱情，被爱情毁掉所有的积蓄
他下半生委身于双眼红肿的女阴谋家

而遥远的荡绕果*，依然有舞蹈
和一日接一日的颂唱，依然有上古的生灵
坚守着那一点点稀薄的阳光。尽管它被一次次
穿越，一次次被风远远吹送

没有人再托付年迈的邮差捎来口信
没有人来参加这场葬礼，这过程中
黛帕达一言不发，她严实的衣襟捂着的小小城堡
没有人再能打开，没有人再能抵达……

2002年12月11日

*理老：苗族中有威望的长者，掌管族中事务。

*格鲁格桑：苗语语境中的一座城。

*荡绕果：苗语，一地名。

第三部分　变形记

（2003）

试着把冰层敲开

把一个人的前生再往前推移

太多的泪水让冬天变暖

花店街

老在背面转悠的，这些顶着花冠的小兽
到了中午，突然说出一个词，然后沉沉睡去
直到有人拧亮马灯，满世界寻找它们
“可是你和当初已不一样，你在果园后面
埋下的诺言和去年春天扔掉的果子一起烂掉”
这些敏感成病的小东西，在时间面前却从不屈服

之后还有晚餐，以及更为宽余的大堂里
弥漫着女主人半生也戒不掉的洋葱味
就如她所热爱的生活，浓烈而又布满缺点
在透明的城市的后半夜，只有久远地出走
能让人从苦睡中醒来，继续劳作
或者，玩起后来者从远方带来的小把戏

但走在回家路上的人，是不可能知道这些的
他在树荫里打发剩下的时光，怀中的
书卷和美人梦一样绵长。旁边的老像馆
为青春埋下伏笔，那灼人的镁光灯造成的短暂晕眩
一瞬间改变了他后半生的审美标准。“是不是
要将常年的积习打扫干净，才能找到失踪的岁月？”

他更愿意亲近，陌生人和断断续续的吟唱
从街边擦过的散落的雨水
像昨天失手打碎的一只罐子，不再有修复的可能
而深入内心的疾病，往往被它们忽略
“从这个词里取出一些温暖。”恍惚中的眺望
这些激情之后疲软的小兽，已经穿过花店街

2003年2月18日

二　月

这些在树梢上爬行的月亮，眼看就要掉下来
母亲从寂静的二月里端出木桶，如今她已经习惯
在自然的规律中，亲近危险的事物
接下来，要绕过时间的阴影部分
她呼喊，而大雾起于林中
被宠坏了的小兽，一夜之间学会相互珍惜

只是她的风湿病在阴暗的灯盏旁边
被层层修饰。就像多年前关注一株植物
逆光的生长——她平静地与我们谈论粮食的腐烂
和这个不安分的春天。“有多少人要经历二月的
　考验
在酸性过度的雨水中洗涤自己？”
被风留住的痛楚，被分解，被一再传送

这与那个一生迷恋药草的人有何关系？他四方游走
带着故乡的浓郁习气，与陌生人交往，在恰当的
　时候
结下友谊，而疏于灌溉的后园无法掩饰
倾心其中的母亲，每个清晨手心一阵阵发凉

她的叹息，她曾经真实的青春胜过迷人的幻想
越过低垂的屋檐，细数久久不能抹去的无边泪痕

最终还得浆洗、喂养，还得在目光软弱下去之后
为过路人留下祝福。“当讲述被一再延误
我宁愿永不开口。”这貌美的月亮
在人们中间一闪而过，潜心劳作的母亲
她亲手绘制的图案：流动的火罐
静止的二月之水，无法在现实中找到注脚

2003 年 2 月 25 日

当我说到玫瑰

“这时候它是孤独的。”打开地图的人在入夜前洗
　净双手
用一把小刀，细心地划出这蔷薇科植物的出处
此前它一再讲述自己不平常的经历，包括冒险
浪漫，以及充满隐喻的飞行
一段时间过后，有人请求宽恕，有人离家远走
有人一点一滴地收集它正在失去的水分

但他却偏偏忽略，这怀着阴谋而来的节日，它怒放
　的伤口
还有极具工艺水准的精美包扎，从红到紫
从爱到爱，那满天星般散落的煽情文字
“这些，该如何解释？”整个二月，云雾里憔悴地
在冬天与春天之间被日夜质问。这玫瑰
这柔软的心灵刻着自私、偏见和对道德的猜疑

由此他爱上测量，从日渐缩短的间距中猎取欢乐
往往又缺乏对话，情节繁复的戏剧中，道具不断
　残缺
不断修复，又不断失去。可他珍藏着这唯心的爱情

标本

患上不合时宜的瘾症，在青春期过后
假扮玻璃缸中的小金鱼，偶尔发出让人误解的消息

而燃烧永无止境，被赞美的腐败力量在深入
在发散，激励着发育不良的指尖。当我说到玫瑰
玫瑰已经枯萎。人们的谈论最后偏离主题
在尖锐的核心面前避重就轻，可是这内心虚弱的日光灯
吞下长期以来积累的激情，当白色的小药片被再次提到
他的懊悔，他努力作出的手势在夜间显得毫无意义

2003年2月26日

虚或纵火者的三月

他不可救药地爱上晚霞密布的街头，而忘却
风中走散的文字，不同的是
人们热衷于谈论家庭暴力，和自闭症患者漫长的死
“哦，更多的时候，判断在一瞬间转弯
带着营养不良的发光体，错误地成就了一个传奇”

下班的公务员经过人民广场时，亲眼目睹这漏洞百出的
青春独幕剧。那被落日修饰的，被遗忘的雕像，
燃烧的言辞无人应答
事实上，羞涩的流水日渐渗透这城市的基层部分
而无人察觉，更无人为此流下眼泪

“这些川流不息的怀抱，可是到了三月的傍晚无一例外地变得冰冷。”这段不为人知的经历
让越降越低的月亮变得如此陌生
在途中，他不得不原谅所有误点的公交车——
它们改变预约的方向，带走哭泣，和被幸福折磨的异乡人

作为个人收藏的小物件，失神的火种在漫长的岁
　月中
被逐一忽略，他遇见的人
无不坚持着少年时的偏爱——一段话在早晨流行
到了下午，成为饶舌者无法根治的疾病

“想来时间并不是太充分，游历天下的盗贼
关键时忘了取走日渐古老的爱情。”
与事实恰恰相反，他所迷恋的男主角在后来的故
　事中
被一句台词莫名其妙地覆盖

2003年3月10日晚

暗或软弱者的三月

——亦怀海子

这个春天将有人从远方归来，带着疲惫
和满袖子破损的风。在早餐桌上，试用去年的盐水
擦洗失去光泽的指尖，为再也搬不动一座城市而
偷偷哭泣，在日渐恢复的光阴侧面，他说到
“痛”。一匹激动的白马在面前缓缓倒下
一瞬间失去自己的故乡

到了雨天，会有成群结队的蒙面人前来造访
互相显露学识、经验以及对天气变化的不同理解
最终又悻悻离去，只有这温暖的火炉
一直不说话，一直待在他身边，修理着
淡蓝的火苗。说来春天并不是很长
在约定的期限之内，他还得静下心来打扫庭院

“睡去吧，睡去吧，你这被爱情宠坏的小精灵。”
而他如此倔强，反过来又如此软弱
仿佛天生就患上了坏毛病。把所有的门打开
依然看不到一只小手紧握的光明，以及它经历过的
漫长路途。在钟表失血的滴答声中

那该忏悔的，深深陷进一头黑发里不能自拔

被期望的，依然被责备。这梦里面用心良苦的红
多么容易被生活误解！“至少得为黑暗的家族传下
　香火
至少要让一个人从中得到解脱。”
没有人能够否定他为此所作的努力，只是那高烧的
　耳鼓
已听不进真实的声音。试想
下一个天黑之前，又有多少人能够彻底醒悟过来

2003年3月19日凌晨

殇或醒来者的三月

“遗憾的是你没看到，阳光整个上午都在擦洗这座城市
似乎感知一个人，离幸福越来越近
离它越来越远。”这无声的告别像云朵飘然而下
掩饰着泪水，和清理不完的旧事
还有什么比它更值得期待？而这午后
疼痛的肉身被意外俘获，茫然的府南河从午睡中惊醒

转过身来，你依然带着南方的复杂表情，去打量
另一个城市不可预知的阴雨天气，以及木耳一样
半透明的，柔弱的谈判者——他代表不了你的立场？
他签下不可饶恕的虚假协议？他在自己的衰老中
将唯一的合作者悄悄推出前台？还有更多的手在挥动
还有更多的信函在途中犹豫不前，让年迈的邮差掌心发冷

其实我要告诉你的是，一辆马车怎样在回家的路上散架

它碎了，它背上的水哭出沉重的声音
“当你醒来，世界已经发生变化。”它无法澄清所有的承诺
而时光从不原谅说谎者。“可他说出了内心的真实！”
哦，这年轻气盛的，刚刚合上的
石磨的两个部分，约定终身相守
又没日没夜地相互倾轧

日渐消磨的锐气和坚忍。“看啊，开往春天的地铁
就要到站，为什么醒来的人作出不可思议的临时决定？”
他的小白脸在三月里一阵阵发青
“他爱上更加遥远的噩梦？”他朝向君王的围城计划
被后方断绝了粮草。是的，没有人会礼赞在烟花最
美丽时
失态的降旗者，这个小小的失误刺痛了他漫长的下半生

2003年3月23日

红灯记

碎或 1976

天亮以后，忧郁的陌生人就要离去
有人翻开小本子，浮现出果树、水井
表情冰冷的早晨，以及小动物不安的身体
接下来是妒忌、怂恿，甚至将夜晚藏在身后

被阻挡的行程意外变短，这些犯错的石头
一个个默不作声，疲惫的母亲爬到山寨顶上
最后在血光中晕厥过去
让早起的人不得不放下手中的玻璃瓶子
将现场重新布置、美化

结果他还是在众人中被轻易认出：
富于变幻的脸谱，复杂的心理活动
二者结合得如此完美
而有失偏颇的命名对于昨天像一场灾难
在语言的宠爱中，更多的人乐于各行其是

后来者提供的证词，似乎是这样的：
人们多年养成的习惯一时难以改变
在不合时宜的1976年，他提前说出了一切

1988：之痛

天空中游动的鱼多么无辜
这云朵，这飞鸟
拖着长尾巴的怀疑者，一瞬间说出不详的地址

只能肯定，夏天给人无边的想象
一场巫事中出现的小小误差
让第一次出远门的人，在途中多次醉倒
矮小的父亲，一路上都在挥手告别
而手中的艾草紧紧跟随，记下炎热、飞翔的嘶鸣

容易激动的小红外衣，包裹着疼痛
和被麻醉后恍惚的记忆力
一个月，或更长的时间里，被宽容的
却难以宽恕别人。被诅咒的白色墙壁
异乡人难以分辨的口音像早早升起的黄色月亮
怀着悲凉渐渐远去，而钟声依然留在身体里
在此后的岁月中，背着人缓缓地敲

1996：弥漫

时间像不完全燃烧的沥青味
焦躁，四处弥漫。到了下雨天
孤傲的房顶上布满夜游者的哭泣

那些梧桐树，整齐排列，又忍不住相互勾结
无所事事的时候，他选择这条小路
学会迎来送往，陪伴不同的人
从语言中获得惊喜，稍后就随手丢弃

待青草开始弯曲，一切又重新开始
阅读，书写，不停地破坏梦中的建筑
不断地打击怀着心事赶路的人
不断销毁证据，最终又难免被人提起

“而这只是一个开端，
只是黑夜献出完整的自己。”

2000：呈现

无人成全的白日梦整天在折磨一个人
他的秋天分解出不同的侧面

事到如今，一点小意外就能让他感到满足。
“是的，没有比这更加漫长的等待。”
幽闭的居室被逐日搬空
那些肉眼看不到的尘埃，纷纷往高处汇集

而总得给出交代：这红色的灯具是否沉默太久？
轻微的擦伤，留下永久的隐疾
在没人发言的午后，反复呈现内心的死

究竟还是稳固下来，疯狂的座椅，它内部的疾病
无法医治，同样无可选择

可以预料的是：
他奔跑，追赶，一如既往

2003：点燃

一生中偏偏有这么一天，仿佛必然的经历
用心去了解琐碎的小物件
成了激情之余的乐趣。然后
相互看看手心交错的纹理，溶入其中的另一部分
在众人的注目中自然苍老

“点燃它。”埋下的幽暗被逐一敞开——
这些卑微的事物内心汹涌，时刻保持清醒
偶尔还乘机滋事，不小心就助长了山区的坏天气
正如目击者指出的：黄昏带来一团温热的火
那段被反复照亮的路程提前终结

不可否认，红本子上记载着变得具体的生活
涂在表面的光亮，开始向内渗透
等不到一场大雨的到来
他的尖叫，就已在夜半时分准时升起

2003年5月2日

桃花七杀

1. 美少年之烦恼

不要去碰那悬挂腰间的小钟，不要带着
哭泣的野黄花上路，弥漫的雾水掩饰时光中多余的
　空白
像他恍惚的家乡比黑夜漫长

偶然在水中遇见自己，哦，可怜的人
被美蒙蔽的人，他在背心刻字，残酷的梦想
让更多的人围着发光的椿树不停打转

太多的伙伴在瞬间消失，更多的时候
密林中显得太亮，那挂在洁白的虎齿上的
太阳，风一吹来，就忍不住不停摇晃

2. 恋爱的画皮

我们来玩一个小游戏，站在中间的
用清水蒙脸，如果他认出山峦、缠绕不散的风
会不会让人感到惊讶

而他认出的，是另一个人，南方人
小个子，喜欢在上班时不停地嚼口香糖
常常背过去，说，无意中看到了开始发红的桃花

而我们已经无法辨认，他的具体形象
他说过的话，像一团火，在空气中
慢慢焚烧掉，干净，没有灰烬

3. 与陌生人谈话

我不会和你去很远的地方，所以不会动心
精致的小木船，两只狐狸拉着的战车
和语言一样，被融化，又被重新润色

早晨一般太暗，你在木格子窗外，淋雨，疲倦
抽吸大麻，最后却决定戒掉它
不只是爱情让人上瘾，被翻译过的苹果自己从树上
　脱落

这些我都知道，你做不到，等不到
你抓到的苹果有一天会在手心里烂掉
那些擦不干净的液体，像眼泪，像腐朽的血

4. 飞翔树

“再给我一次晕眩，给我未过保质期的快乐”
心怀愧疚的夜行人在荒凉的夜晚暴露行踪
需要你撑开身体，你的爱，和保护

而天空发绿，长期居住在水边的人们看不到
光明的倒影，他们的内心失去对称，被迫录下虚构的口供
“哦，这不宜居住的大地，任由黑精灵在瞬间取走”

那些可疑的唱词，越不过腊尔山脉，就被绵长的日子
阻挡，请相信，有一天它也会苍老，在平地上
摆弄日渐繁复的心病，但和我们绝不一样

5. 可耻者的秘密日记

我们用耳朵贴紧那张皮，听听，它们在里面议论些什么
自卑，歉疚，或者反目成仇……正午过后
阳光在人们嘴边弯曲，它不惊慌吗，它要放弃邀约吗

是的，格鲁格桑面容祥和，但不会轻易原谅说谎者

这些孩子，这些红色和黑色的对立体
他们搭错车，经过，欢呼，冲突，最后又不得不远远离去

剩下这些锈蚀的文字，该怎么处理？藏在肌肤中
让疼痛日益深入？她抹掉它，却又抹不去
同眠者的猜疑——哼哼，不安的雨声偏偏在后半夜来临

6. 今夜你在何处入眠

我所说的今夜在很久以前，他反戴草帽
寻找，言欢，扬弃，经常病变的兔子醉得一塌糊涂
醒来天已大亮，桃树下，无所事事的旁观者在交谈

还会有人暗中记着，那甜蜜的游历，还会让人惊讶的是
你在我的身体内躲藏，拼命喝水，吸烟
一晃很多年就已过去

归来时，流星洗面，黑夜缠腰
哦，这些都不重要
我要说的是，桃花布阵
不经意间劫走一个人的睡眠

7. 所有的歉意

那被岁月跟踪的老裁缝深藏照壁巷内部
他年迈，而双眼透明，每天早上探出头来看看太阳
也看看我："哦，年轻人。"

就像当年他握我的手，和手心游走的桃花细纹
一样激动，一样充满疑惑
刹那间闪动的泪水，消灭了一座城

想想也是，又有什么不能放弃？被偷吃的黄金
最终成为馋嘴者的负累，命运闹着小情绪
它坐在漂浮的水缸里，百思不得其解，郁郁终生

2003 年 6 月 2 日

还乡记

——属于屈原

1. 迷醉

当你翻开手掌发现我的行踪，这纸房子就碎了
必须向你坦白的是，我还有更多的秘密，隐藏在
一个人的身体里，尽管金银花酒在掩盖，在夜里袒
　护自己

试着将卑微的出身忽略掉，你会发现更大的惊喜
不过小指间散发的腐败气息贯穿了整个春天
他们习惯于这甜蜜的毒药，像我的迷醉无人能及

2. 怀中香草

让我们一起出走，天黑之前到另一个地方去
年轻的叔父抱着像我年幼时那样爱哭的祖国，如今
　它已经衰老
遗弃众多车马和人群。“不，其实不是这样的
洁净的枫木永远不会分开。”
那么，又有什么会在暗中维持香草微弱的呼吸？它
　在沉睡

和我的梦整齐地排列在一起

3. 乱

赶车人不久就收起嫉妒的小尾巴，精心漂洗过的花格袍子下面
捂着羞耻、屈辱和自卑，他不知道这风声有多紧
还要吹多久才能让发烧的额头冷下来。“是的，先生
下一站我们将遇到那场大戏的主要表演者，他年方
二十七
胸中窝藏着整个南方，和固执的阴雨天气。”
孤独的敌人在闹市中隐身，他在等，他在收购金属和爱情
偶尔也会取出埋没的道具，在雨水中反复擦洗
而我们的马车像呼喊一样经过，身后的跟随者越来越难以冷静

4. 离

让人纳闷的是，四月里出发的人，到底要绕多大一圈
才能回到家乡？途中的车船被不详的传闻带走：
一个人死去
另一个人流下眼泪，更多的人围着春天打着哑谜

眼看着红色的夜晚被不断挖空
“哦，被我宠爱的动物，请抽走这肉中多余的部分。”
接下来是可怕的等待
在这座倾斜的山下，他不回答，他看着石榴树疯狂地开花

5. 遇见

直到这着魔的镜子再也没有力气折腾，我才从密林中
悄悄露面，同行的队伍在睡梦中前进
不可避免地，遇到火光，遇到逃生的老虎
遇到白骨精一样诱人的山间迷雾
多少天就这样过去，疲惫的老虎最后成为知音
我们在半路上一起喝酒
一起醉。随手剥开棕树叶，那被层层包裹的柔软心脏
还在起舞——
遗憾的是，黄昏来得太快，我们的城转眼间就没有了影子

6. 大河涨水

必须容忍的是，那花脸一直不停地唱下去
大河涨水之后小河满上来，打鱼人挥手间掠走他人

的富贵
此时我的替身在对岸忍辱生活，他看天
他看不见自己

7. 片尾

最后归来的人坐在地板上，悉心修改他的昨日
“这被梦见的风中飘荡的大椰子。”他的泪腺正在
失去水分
忍不住深深懊悔：不该去浇灌小镇上那平凡人的
一生
离开那里以后事情发生了变化：他爱上飞来飞去的
不明物体，以及还没来得及从冬眠中苏醒过来的
画皮
“你看，这柔软的刀刃被一口一口吃掉。”
温暖而饱满的月亮
滑过水面，之后在怀中被陌生人一起分享

2003年6月11日

变形记

1. 恍惚昨日

试着把冰层敲开，把一个人的前生再往前推移
太多的泪水让冬天变暖，这一切，远道而来的
黛帕达并不知晓
实际上三月里还是冷的，兴奋的小棉袄
挤成一团的小棉袄在入夜之后突然张开

还有更多的障碍需要翻越，这浸了水的骨头
柔软，坚硬，无孔不入
唉，可惜一阵风吹过天就亮了，迟疑的露水打湿发
　青的前额
随后才有人打开空阔的谷仓，竟不知我在其中潜伏
　多年

2. 小妖怪的短歌

到头来还是顾不上与人交好，日复一日
守夜的小妖怪在熄灭的火堆旁边，数着惊慌的指头
一声不吭地成长，向往游历，患病，怀乡

倔强的尾巴在不同的地方让人羡慕地发芽

“哦，不，这不是我想象中的结局。”
更多的佳话在途中流失，不愿意让人看到的
埋在心中的苹果树，一季接一季地开着黄花

3. 被忽略的梦想

想不到，寄宿在身体里的小虫不停地哼哼
不停地咬，呵呵，这时候才发现
要一间宽大的屋子
才能镇住夜里咣咣作响的发光器物

这时候已经晚了。逐渐熟识的街道、行人
低沉着脸开始算计对手的幸福
坐在屋顶上发呆的月亮
每天忍受着天空的傲慢，以及偏见

4. 在雨中睡去的

正如他醒来时发现的，梦中见到的如此真实
后来不再开口说话的游说者，想来真的累了

硕大的雨点在胸前一块一块地碎掉
只有被怀疑的红顶戴

企图接近夜里出发的不明飞行物

而时光呢，内心险恶的潜行者呢
在雨中慢慢稀释掉的坚忍和犹豫
充斥每一个漫长的瞬间

5. 马车夫的忧郁

这个夏天他喝掉自酿的苦艾酒，背着主人
与陌生人频频接触
握着对方的手有如不再熟悉的马鞭

没有特殊交代，他就一直在等
多少年了。一个老人反复地做一件事：
把穿越沼泽、水雾、林间空地的快慰
有意无意地透露出去

我知道他已经不认得这张面孔：它看似新鲜、光亮
却缺少水分。我知道他曾在夜间偷偷练习跳水
也许有一天，终会不依不饶地独自离去

6. 只能梦见蝴蝶

一瞬间纷纷赶来的冰冷物体，它们掀开好看的外衣
时间从此分裂为两半。唉，生活无处不在告别

慢性的毒药，快速的旋转舞
让人无暇谈论美妙的自由落体

旁观者的出现和消隐同样富有寓意：
“对奇迹的漫长期待
而荒废了早年的招魂术……”

太多的假象更容易让人保持清醒。此间的白头少年
习惯从短暂的午休中眺望欢愉：蝴蝶，蝴蝶
它们躲避追捕，往往落在头顶上
覆盖了另一个世界细微的呼喊

2003 年 5 月 7 日

奇婚记

——献给我的父亲母亲

1. 那年

叔父出门时风吹得紧，他留给我的小钥匙
在后院叮叮当当闹个不停，像一些卑微的姓

夜晚过后被一次次唤醒。人们无法想象
他怎样游过松江河
到酉阳去，寻找自己的下半生

他一直吹口哨，混入盐帮之后才变得沉默起来
半路上，他晕船，全身被仔细修理
同行的是他的亲兄弟

后来我开始学习养马，等他
偶尔打开那扇朝南的门，他答应过的
有一天要和我到省城去

2. 妄

到了七月，被爱情围困的县城交出白色小旗
我的父亲站在墙头上
看着大雨一阵一阵向北方泼过去

他赤着胳膊，我踮起脚也够不着他的肩膀
我们一起想念那个在密林中藏身的
匪首的女儿
哦，能够说出来的难道就只有这些?
那在慌乱中瞬间消失的茫茫岁月

在午后的短暂休息时间里，穿梁而下
只是不见我的叔父，和他传奇般的身手打不开的谜

3. 狼外婆

搬运完这些老式家具之后，整座山就空了
狼外婆握着我的手一声一声地哭，待到天黑
她告诉这个孩子

她没有被敌人搜走的藏宝图。我的母亲一直守在那里
像平常一样，种地，刺绣，准备来年的蜡染原料

但这些是真的吗？父亲像被洗得发白的面具
他不解释，他的体内埋藏着深邃的家族史

以及它被广为称颂的美德。直到后来有很多人死了
我们像青草一样，一天一天地长起来

4. 红

小哥哥转身之间大不一样，下午的红棉袄分外耀眼
像母亲的血，在火中洗浴，在地里开花

后来我通读这个故事的完整版本，意外地洞察了
一个人的生死：那细微的、漫长的红

还和很多年前一样。只是怀中的美好愿望
被层层分解，母亲得到最小的一部分

“这已经够了。”她照样在早晨与黄昏之间出没
握着我，像握着一段木头——在雨天开始发芽

5. 跳舞的酒盏

“不喝酒的人是软弱的。”这支长长的队伍从门前
　经过
惊醒了潜心修行的木耳，它和小哥哥一起探出头来

那些在空中跳舞的酒盏，最后雨点一样落在每个人的脸上
我的小哥哥，我的叔父，我的失血的木耳

哦，他们相互靠近，而远离我，用一堵陈旧的墙
处处拦截，但星期六是干燥的，这个缺水的省份转眼就被灌醉

回头时天就暗了，更多美好的夜晚被一再复制
在我记得的几个人之中，小哥哥像个光团一直在亮

6. 另一些人

对于逐渐缩小的天空，他们都说自己是无辜的
那些行云布雨的旧事已经无法一一追述

哦，这么多精明的人转眼间在地图上消失
剩下我的父亲，和我，我们抱在一起抵挡体内的风寒

而母亲并不知道这些，她在遥远的荡绕果*修补褪色的红装
安静、琐碎的生活像一把刀，表面的光亮在寻找降落的尘埃

可是那些人从此就没有再回来，在他们中间
流传着一顶倾斜的帽子，依然保持当初的模样

7. 消息

我依然迷恋阳光、雨水和植物一夜间突然的变形
抱着白头偕老的念头，看身边的人醒过来又睡过去

有一天偶然打开门，母亲在外面已经站了很久
怀中的种子，和我一样面目全非

“哦，等等。”她华丽的转身停留在某个空洞的时刻
我的手，我的青苔盖不住自己发热的额头

另一个消息是关于叔父的：漫长的90年代
他经历了内心的死，由我的父亲带着，在众人的梦
　中周游世界

2003年7月29日

盲人按摩师的黄昏

其实在早晨也是一样的：我习惯在竹篮里洗手
然后转过身去打量昨天上午到来的男低音，他硕大的骨骼
在其中缓慢爬行的小生物，与我失神的十指猝然相遇
展示过表面的温顺之后，它们纷纷绕道而行

“哦，我来接受你的赞美，我来自你的家乡
我在大水深处找到你失踪的爱人。”他张开的皮肤再也包不住
那光滑的蛇，冰凉地飞行；那面目模糊的美人，十指疯狂燃烧

但那是昨天的事。还没等到午后，他已经在我的酒杯中消失
这秘密的折磨啊！一直相依为命的小伙计
用我苦心握热的手，带走中山东路唯一的繁华梦境
那站在桥头等他的妖精，长发盖过双膝

你们知道，一个老人只能这样打发自己的黄昏，生
活的小肿块
在味道微甜的药水中反复消长
像我易于复制的手艺，制造短暂的快乐，更多的时
候是表达伤悲

2003年8月18日

断与续（三首）

太　晚

你顺着我的脚踝摸到森林，天就黑了
大拇指弯曲的幅度，还不能让这饥饿的妖精快乐
　起来
那是抽烟的手，喝水的手
像我一样茫然四顾，回家的路柔软，绵长

在山下，有人开始相爱
简单，背叛，摘下园中的果子，一口一口地吃
然后到水边，相互辨认，在对方的小腹上
种植，获取，留下刀痕

是那吹木叶的，在引诱我们
在看着我们表演
热烈，刺眼的微小生物，我们生育的无数后代
起伏，涌动，尝试着把草结打开

不知道你还要些什么？红日在天边犹豫
迟疑，而五指瞬间隐没

等到大雪封山，我的巢衰败，枯萎
你来的时候，已经太晚，恍若昨天的某个时刻

焦 虑

请允许我的重复，和对冬天的负面理解
一场霜雨打湿细小的脚跟，需要轻微的烘烤和安慰
看看这仓促的开始：白马飞驰而过
我救下满身苔藓的你

之后成为焦虑的王，夜夜点灯
而光明遥远，众人模仿我的表情，在城乡之间
游说，发布不可思议的言论
从我的前世，一直扮演到今生

要让你记住的是，生活中一些容易被忽略的细节
朝朝开，朝朝谢，难免被人猜测
到了特定时刻，要放下你，放下刀具
走到另一个人身边，平凡地活下来

修复流泪太久的双目，逐渐看清对方
在相互的宽容中，获得惊喜，和自信
是的，总有一些必须忍受，我们要抱紧屋角的柱子
到老，到死，到黄昏，到春天还没来时，大雾已经
  散去

安 静

我们为何怀念起这日渐衰老的标记，一如往常
在转身之间，获得骄傲，和赞美
而熬夜的炉火已经疲惫，他和他的羊群
你和你的黄河流落在别人的身体里

打开卷曲的花边，爱好收藏的人
暴露了自己——在某日，在街头
不厌其烦地演示陌生人繁复的礼节
如此让人惊讶，似若你杜撰的前生一样令人生疑

来回走动的，我的朋友，和兄弟，他们强壮，劈柴
　之后丢了斧头
假装精明，而对大家怀有歉意
只有我如此安静，坐在你怀中
吐纳，吸取，对着月光修炼表情

风吹的速度不断减缓，在两个人之间
语言日夜覆盖——
一边爱慕，一边对立，已经很久了
只有想象中的幽暗一直不变，时时附和着我们

2003 年 12 月 8 日

第四部分　叙事曲

（2004）

我们用清晨呼吸，用午时相爱

用夜晚把佳话流传人间

北半球

1

北半球有人在吸烟，练气
有人在追打马匹
北半球有人在哭

那是早晨，而非你们温软如同白面的夜晚
那是铁甲人在出没
不是我牵着一个人慢慢离开

2

北半球有人在容忍夏天，不再旋舞
有人在渴求，梦见
一滴水的河床

在北半球，伤心的不只是一个人
有需要，有不需要
有烈火烧着直到平安地把一天过完

3

我爱这北半球一如它爱着我的小脸
北半球涨大水，北半球
爆发一年一度的流行性皮炎

那是月晕过路，而非你的衣裳盖住星期一
星期二就没有人应声而出
星期二不是好日子

4

北半球的小情人有模有样
北半球的人拖着长纸卷，相互擦拭
和试探。北半球的心率不太正常

而我累了，我害怕天黑黑
银行卡却爱玻璃，爱空洞
和冰凉的化妆表情

5

有人熏香，有人光着身子，有人在恶魔身边
它在白天是天使

有人爱小天使，有人不爱
有人唱歌给他听，有人不爱
我抱着他，有人不爱

北半球像抽筋的老绵羊

6

北半球的果子都发甜，没有余味
和切草机的锋利
北半球有时让人想不起昨天

北半球甚至不开花，只结果
北半球小而又小
人们不懂得保护发胀的阴囊

7

钟表匠人打算回家去，时间
哗哗地流，北半球
属于我的这一半，还属于什么人

北半球继续建虚荣的房子
我在吸烟，练气
天气预报说：风声越来越紧

2004年8月31日

葬礼上的三个唱段

——属于 BOUB DAB*

（唱者：指路人、BOUB DAB、母、父、巫、群）

上段：追忆

指路人

黄昏中编织还没停止，有人
就开始怀念和遗忘
而你不在其中。你的青衣脱下来
盖住打铁人的眼。他叫喊
抱着你，从清早持续到晚上
而手指呼吸，草尖发烫
太阳落向击鼓人的家乡

BOUB DAB

我在树中间睡着了。
但你不知道，闲置太久的刀锋
在后半夜起身饮水，避开黑暗的血统

避开我，去找另一个人
讨论砍伐和杀戮
世界安静，带着咸味

母

我黄花的脸，你的手相含糊
我唱歌，流泪，到晚间还不能休止
在梨树下，握姐姐的手
我们合力调整风向，而你被风吹走

父

天亮，天黑，天天天花着脸
我们制造缺盐的午后，指缝间的水
流落在山岭之巅，洗刷野生的物种
和目光暗淡的子嗣
众人都在劳作
我在你之后，一边追赶，一边生育

群

那么漫长的昨天，那么多
散不尽的哀乐，雾水围绕我们的生活

谜一样难以解释
我们用清晨呼吸，用午时相爱
用夜晚把佳话流传人间
而落日一去就那么遥远
我们造城，我们把自己放在中央
我们一起哭泣，我们在还没有到达的路上

中段：怆

指路人

所有人都已醒来，你还在安睡
失散的儿女，在空气中
旋转的小花伞，遮挡不住天空的下坠
若你醒来，你会流泪
若你流泪，你会看不清落日的痕迹

BOUB DAB

陌生的人，和松树一起
在山巅巅上，呼风唤雨，右手的伤痕
向左手延伸。明亮的
松树林，是流泪的松树林
我举起手，接住漫天霉变的种子
它们一直下，一直在我心里

巫

水中的寄生者，半夜爬起来
光着脑门，笃笃敲门
他没有手，只有发烫的心灵
太阳落在西边，他向东行
梦比梦还真实，他和我越来越近
还没把刀尖上的日子过完
天就亮了
摸摸身后的灯盏，已经熄灭

群

寒冷的冬天，是我们
流露的表情，我们默不作声
手心向下，寒冷的冬天生出火
生出白色和缠绕，像口边遗漏的辞
越来越长，越来越紧
一层一层包裹暗淡的城

下段：日光曲

指路人

越来越红的手心，暴露
欢愉者的秘密

我们的人放下酒碗
离开跳着说话的桌椅
短暂的停留转眼改变了行程

母

身上的肉，手上的命
连绵的阴雨之后，我们看见天晴
隔着草帘子，沉睡的老虎
影子变成黄花地

父

手把手带你过河的人
转眼已不见踪影
我们留在桥下打鱼，身体被一年年清洗
至今还记得，春天的暗红胎记
我们说梦是甜的
梦中的人抱着石头来来回回

群

白羊群飞过头顶
铸铁手回头看不见母亲
我们来得太远，浑浊的地表失去记忆
一天天宽厚的面孔

一天天变得陌生
在一个人身边，烟草味道
正在散去，我们赤着脚，和他一样
一路上眺望光明和甜美

2004年4月11日

* BOUB DAB：苗语，音“布达”，对外祖父的称谓。

捕蛇者说

最近天气不佳，我腹下的旧伤带来了疼
和冲动，昨夜梦见的美女蛇
到天亮时才迟迟离去，她泛红的影子
和柔软的名字，在后院
一再将芭蕉树缠绕。在后院

阴郁的哥哥专心修理工具
和自己的左手，他在等我
我们在等转瞬即逝的午时光阴
我们不谈论欢乐

上山的时候到了，我抱着光滑的树干
一动不动，哥哥不知道美女蛇
哥哥不知道，我爱上了她的毒

2004 年 4 月 28 日

幻听或骑虎者日记

1. 和飞机相遇

我的一次性火机，在下山的过程中
失去了作用——有人老远看见他越过安检线
带走气体和火石，后面跟着
我的弟兄：两人提行李，有的提脑袋
没人欣慰，没人感伤，偏偏有人把影子
留在跑道上。只是我找不到
事件的起因。牙果问：
“砍柴的声音，为什么越来越小”
在坛子底部，压着坛子
在坛子底部，压着他们的名字
我一个一个地数，然后一个一个地划掉
剩下的，握在手里湿了

2. 妖精在街角转身

我们拥有的翅膀又如此不一样
你一转身，我用去二十九年
格鲁格桑产下超市、广场和搬迁后遗症

我祖传的胃已多年不见开花
我回过神来，你就不见
我六条腿画一个圈，没有这城市大
我一辈子都在这里寻人，你在上边默不作声
南明河水一阵缓过一阵
还是没能碰上某甲，某乙，和某丙
我在租住的房子里偷习冶炼
和传授者，保持单线联系，正如你所看到
我常常在菜场口、小卖部和路边与人缠绵

3. 纸品研究

单薄的纸弯卷过来，放在面前的桌子上
盛满的净水中悬浮敏感的颗粒
表现出异于常人的倔强品性，于是，我们饮水
于是，我在傍晚怀念纸烟卷
那是另一个极端，吻火
火中的明亮延续不了太久，于是我们怀念上山砍柴
四个果子，和一张纸牌
不知道最后落在谁的手中
只有纸老虎心无杂念地瞌睡
在我身边，安详，但一脸坏相
不懂得砍柴人心中
藏着狭窄的街道，有人在其中已生活很多年

4. 宫外孕者笑忘录

当天有雨，疲惫的金属环在体内游走
最后累得不行，他们一瞬间跑出来
带着已经改变的口音，向我打听家乡的消息
他们是：某丙，某乙，应该还有某甲
他们举着火把，辨认我的五官
他们用闪着暗红光的金币交换好天气
但附属医院发绿的屋顶上，没有鸟
没有枫木，没有合唱
我厌恶了交谈。牙果摇着头
在车里，观后镜中的格鲁格桑面色阴沉
他们的心脏向外暴露，没有风吹的早上
一个比一个新鲜

5. 照壁巷的反光

这没良心的小贩，他在吆喝
他吆喝什么呢？太阳光越来越暗
晚上七点钟，酒瓶里的干花开始需要露水
而马戏团无论如何挤不进来
牙果重新温习针线，不洁净的空气中
她复述的线路图，模糊得
我都摸不清
“哦，有几个人在这路上走，有几个人

走着走着忘了自己的姓名。”
电视新闻里，在说一模一样的事
不一样的是，牙果深居，简出，不识字
她的评判来源于边角破损的伤心镜子

6. 夜晚尚未开始

铁脚椅子摩擦地板的声音越发响亮
第二天早上仍然听得清楚
而头顶的裂痕没有完全愈合
你没法向垂老的病人作出交代
我擦洗有污垢的器皿，那些果子一个个离去
格鲁格桑低下头
“甜蜜的果子，甜蜜的果子，你是我
一节一节脱落的命根”
我说夜晚，往往尚未开始
这时节，砍柴人应该还在山上
老虎醒来张嘴就要食物
我要安慰，我把纽扣一颗一颗解开

7. 他乡和故乡

某甲和某丙寻欢作乐，我和某乙
隔河相望。风声太大，月亮太小
牙果身着便装，园子里绕一圈

回到原地不再动了
不能让残缺的指纹在梦中露出破绽
更多的早晨，重复更多的早晨
是抽油烟机在作怪？是身体在远行？
老虎连夜打扫房顶，稀稀落落的钟声越来越远
而记忆的漫长总让人厌倦，怜悯的妖精
又能坚持多久？她忙于上班，下班
她要在青春期过后生儿育女
拍照，留念，她要在天亮前把一生过完

2004 年 7 月 10 日

一个夏天的人对一场雪怀着非分之想

那雪在夜半消失，从此刻骨铭心
尤其在夏天，大量饮水
发烧的指头，还不能弯曲下来
这卑贱的身子
裹着红皮肤，特别需要冷静
需要拨弄，和轻声安慰

扫雪的人，等了
整整一个傍晚
和蜡染中枯坐的葵花
没什么两样。灯光不够亮
这小个子，伏下身
对冰凉的期待，一下子变得遥远

在这个房间，怀念一场雪
需要原谅。我伸出手
打开缠在指间的结
我念道：“长夜漫漫”
接着念：“一个夏天的人
对一场雪怀着非分之想”

水洗过后的雪，不再反光，偏暗
会大声笑
会用贵州方言叙述旧事
会覆盖，会铺垫
最后留下影子，干干净净
含在嘴里，慢慢地化

2004 年 8 月 20 日

荡绕果或小叙事曲

1

从郊区回来，我遇到建设者们
在谈论一个花园小区的若干构造方法
我取得其中一种，将其告诉父亲

当时他在家里，对着椿树林
比比划划，立秋对他来说
太重要了，他要趁水分还没散尽前
把木头全部搬回家

2

至于天黑，他并不惊慌
不像我们，必须掌灯，看奥运会
喝啤酒，喝彩或者垂头丧气

他摸黑走路，边吃饭边和人讲道理
他四十九岁，是个年轻的老人

3

春天的时候，他做了一架木梯子
粗糙，但结实，把它搭上房顶

母亲经常从这里上去
种庄稼，摘果子和积雨云

有一天我爬上去，就再也没有下来

4

我前面的小河，水浅
不时发生弯曲，父亲一脚跨两岸
水生物，一闪而过
都来不及打招呼

和熟悉的陌生人一样
每天从门前经过
他们要去哪里，没人知道

5

母亲每天也要到河边走走
弯下腰洗手，然后抬头看我们
会不会偶尔从天上飞过，嘴里念着一个词
“贵阳”

6

遇上下雨天气，照旧要出门
他们从青草底下走，身子冷，心里热

2004 年 8 月 23 日

第五部分　短剧场

（2007—2009）

这一天众神上天欢聚
只有身体的神
被罚留在人间

诀别诗

1. 或者是二月十四

我出门后
你在后院练习
数着手指，把一天分成
十个妖娆的部分

遇到起风，惊慌的小兽
一群一群地跑
你竟哭了
你害怕大风，吹走我的姓名

妖精从此迷恋夜晚
你只留在白天
那一夜
他们的玫瑰都睡着了
你慢慢地开

我不回来，你不会谢

2. 短短欢愉歌

我们把夜色打开
我坐在你里面
我们唱歌，给对方听

我们是狼和小羊
我们一起，在河边喝水
你数星星

星星落下来的时候
我们一起回家去

3. 伤害

这冬天，和它熟悉的气味
在空房子里一再迂回
它咬着你

它咬着我的小心肝
我动用烟草
和酒精
我动用千军万马
陪它玩青春游戏

春天终究不来
它不过去
它是装修留下的甲醛
永远，住在我的身体里

4. 后半夜

我不知道自己是甜的
我在早上送给你
到了后半夜，却被人悄悄取回

后半夜还有坚硬的雨水
落在二月
患病的桃花从此拒绝再开

5. 尾声

你种圆形的天气
长出弯曲的月亮
你种下我
长出一去不回的人

2007 年 2 月 5 日

遇仙记

——来自一个真实的事件

大年初三，仙人从树上下来
这株香樟，在村头，发出让人上瘾的气味
它常年呈伞状，一直平凡地生长在我的身体里
它记录着，我无数次笨手笨脚地爬上去
有时唱歌，我的歌比它的叶子还绿
居高临下，看父亲们匆匆赶往集市，他们青着脸出去
在傍晚红着脸回来，有的醉了，在我下面一睡就不再醒来

现在说的是弟弟的故事，他清早出门
带着一肚子腐败的食物，打算赶往县城
他需要医生，一个干净的胃，和一些轻松的日子
他在大雾中辨认方位，交叉的十指
把人引向明天的不同地方
他听到小动物把空气啃得吱吱作响，而路过香樟树是一种必然
那时我没在树上，我在一里之外与人对饮

弟弟事后描述的老人
我们都似曾相识。老，胡子白，悄无声息
蛇一样贴着树干，滑下来，又若一小朵云，那样轻
他不说话，几秒钟后，变得透明
他不是物，也不是气体，更像一个谜语
把早春的小路，拉得遥远，绵长
到了中午时分，风中的弟弟手心发热，转身回家

由此引发的猜疑多少与我有关。时间的一个针点
又一个针点，将我，弟弟，仙人
串联起来。但没有明确的暗示，没有光晕在头上缠绕
他的金手指快得让人看不清
多年后，当父亲前来伐树，人们在斧头的闪光中看到另外的细节
两个孩子，一前一后
和一株香樟，一起构成更为明亮的早晨

2007年2月28日

胆小的果子

这些胆小的果子，三月里
早早结出又匆匆落地
有人饿着，到老
也不接受道歉
有人向曲折的道路
低头，交出无辜的春天

或许麻旦村的月光还在相互纠缠
谜一样，留在命里
远走的人继续谈论种植，和采摘
还会为好天气骄傲一阵子
还会在头皮下放养，闹心的小虫
而时间，不再光顾 1995 年

之后没有人关心旧鞋子。我是说没人
能回到松江河底，听他呼吸
迁就倔强的习气。他游啊
被白天猜疑，被夜晚
误会，同行的
患病的鱼，只是脆弱的替身

他在游历之后，继续游历
他在空中搭建蓄满雨水的
频繁生殖的照相馆
当人们要光滑的皮肤，和深色的
花花公子行头，他不要
他只爱夜深深，和三月里快烂掉的甜蜜

2007年3月1日

倒春寒

狡猾的月亮和去年一样，漂亮，早早地
来到金龙洋房顶上，布下镜象
和没完没了的迷魂阵。作为过路人
我见证了这一切，闹元宵的人们却不知道
光阴转身远走，欢愉即将散场

带着火药味，和青春期的冲动
放烟花的人后来在天上相遇
他们窃窃私语，他们密谋，算计
最后决定不回来了。在整个2007年
不放风，不施雨，他们不给人照亮

他们在上面，吃我们的云朵，扔下冰块
他们夜里翻身，吓坏成群的小妖精
此时我才回到家，电视里在讲一个故事
一个男人和一个女人，分开后
在一起，接着又分开了，最后只留下刀片在闪光

这让我简直不相信，梦是黑的。我想看见火
却遇到没有温度的人，个个隐身

我渴望一次交谈，他们一直没有发音
第二天醒来，我特意看看天，什么也没有
又看看地，月亮发呆，一丝不挂地坐在阳台上

2007年3月5日

过　河

其实这下面是石头，重叠着，并且绵延
他不知道自己已双目失明，要赶到今年来
看桃花。好在还有敏感的胡须
一根一根，很细，懂得愧疚
让事实分得很清楚，有些东西
得尽早还回去，有些东西需要有人认领
一千公里宽的水面，够得摸索一辈子
走在他前面的小马可要精神得多
如此年轻呐，没有敬畏
像他当年那样，敢于把桃花卖了
果断，决绝，只身涉水向对岸，头也不回

2007 年 3 月 6 日

意 外

男主人在晚餐后，不再喝牛奶
他给她喝下的已经足够多，这不淡不咸的水
从脖子开始上升，淹掉双人照
和一些布满斑点的日子。这深宫中委屈的卫队长
稍用手段，终于甩掉自己的主子
和其他的逃脱者一样，他走上窗台
这光明的，唯一的出口
人们常感叹，要改掉一个习惯
是多么的不容易，他成为少数的成功者
下面有喊声，有等待，幸福和不幸福在激烈争论
他的目光经过一小阵波澜
最后归于平静。这是别人告诉我的故事
而它却发生在我身边，距离顶多 200 米
我跑过去时，只看到空气很空，鲜花开得很鲜

2007 年 3 月 6 日

空杯子

在我面前，它谦虚起来，像老朋友
我们之间，向来保持和平，没有秘密
在这个午后我们都是冷的，我们一起猜测
没有水的房间，究竟会有什么光临
一只饥饿的小动物，或者半截
失神的句子，都可以让平板的桌面发生奇迹
但始终没有，小矮人也不愿意上钩
他们在马路对面，忙于砍树
一排一排，松树和还没长出绿芽的杨树
很快就被蚂蚁搬走，秋天之后
它们还会回来，神不知鬼不觉地
成为杯子，空的，上面印有各种胎记，但不再透明

2007年3月6日

春日歌

微风吹着贵阳城，大雪啊大雪不见飘
是小剪刀早早起来张望，去年出门的小哥哥
你用左手的余温洗脸，暴露的貌美从没人知道
有人翻书打开树林子，有人在青草底下
把妖精走过的街道一遍一遍地清扫
有人的雨哗哗地从心头下
有人用黄花照着好身子，穿过夜晚去赴约
哪晓得：你的窗户满青苔，你的酒盏空落落
你的过客不骑马，一个一个都没睡好觉
一个一个都不是，亲过额头的小哥哥

2007 年 3 月 10 日

3月10日，阴

太阳不来听你的讲座，我们也不来
词语的枯萎肯定和你有关
3月10日不是好日子，闷得心慌的
小兔子集体暴动，转眼间就糟蹋了环城林带
我们绕过障碍，从高速路悄悄进市区
半路上遇到的车辆缓行，肯定与你有关
但我不计较这些，我用60码的速度从容吸烟
像坐在贼船上，用过剩的精液
蛊惑年轻的女海盗，压住一首冲动的诗歌
当然还得绕过，最后一个退场的人，他期期艾艾
他不知道，我们已安全到达宝山北路
晚餐时打手机
用轻缓的语气，把这一切告诉朋友们

2007年3月10日

语气词

被你吃掉的语气词，过了冬天
还没有发芽，让人那个急呀
山绿了，水和月色都一天一天地往上冒
你沉迷于夜复一夜的晚宴，那华美而轻薄的细节
你津津乐道，霸占着大好春宵
和整个贵阳城的话语权，你这天庭的浪子
词语的贪婪者。一切没有前奏
可为什么和阴谋这般接近？某天我们在街头的
某个拐角，匆匆相遇
我们说哎呀，你说嗯啊，却不肯松手

2007 年 3 月 10 日

一个人的贵阳

早　晨

很怪，一般只有几厘米长，会落雨
会吹风，还会打诳语
上班的人挤车，车发脾气，会反击
到头来挤在一起
我可管不上。此时我往往在睡觉，梦着老虎
偶尔，还梦到女人
老虎是一门老亲戚
女人是另一门，稍微远一些

下　午

这时出门，错过了牛肉粉
肠旺面，和一群狼吞虎咽的红颜知己
在三点前，准时到达城里
有时会遇到阳光，分散地
落在一些人手里，如我留在打卡机上的指纹
和昨天的，不太一样

晚　上

挂着星星的酒店，夜总会，酒吧和洗浴中心
这些都是假的
实际上一些人睡在酒瓶里，一些人睡在陕西路
和合群路，还有些人
在另外的地方。我是零点过后
才从 27 楼下来，看着凡间
一些人，睡在另一些人上面

2007 年 3 月 14 日

王的女人

开始是桃树丛中的一棵，结尾时也是
三月具有水的属性，善于滋润
和给养。某夜，刚学会饥饿的蒙面人越过城墙
桃花从此开得一塌糊涂
我的理解，也是从这里开始，像一场大雾中
你和你，寂寞和寂寞，相互遮蔽
只有谷仓在远处敞开
等着那些因潮湿而柔软的子民

下雨天，有文火包裹受惊的城池
千里马从隔壁过来交心：日子又要轻淡起来了
在工作之外，人们乐于用水袖缠住蛮腰
墙角带刀的士兵，在空气中一遍又一遍地
和模糊的情人联袂演习。你的父王，年迈
不早朝，不见你，不宠幸母后
后花园里，有纸鸢飞，有疑似幸福的线团在翻滚

八月裁新衣，好好的日子短了一大截
你在江上行走，和过去一样，偏执而勇敢
带着秋天的王朝和女人，去投奔阴谋和黑暗

可以想象，风一吹，大地会碎，天空下坠
迟暮的人在感叹，遍地的红色和白色
相互纠缠。而后半夜，有叛变，有非议
有选择题，爱情像瘟疫一样让人难以取舍

来访者取走洁净的体温，留下睡眠
和你相依为命的，还有软弱的簪子
不易被人发现的尖锐的长发
而我是必需，又是多余，作为国家哲学的一个注脚
有时鲜艳，有时灰暗，矛盾得接近悲哀
事实正如说书人所表述，善于积蓄雨水的人
重新获得了江山，谢幕的时候
一些据报失踪的道具和身份，不会再在舞台上出现

2007 年 3 月 15 日

中年之痒

我有三千烦恼丝，剪了又长，长了又剪
和城郊的溪流一样，有时近有时远，有时顺从有时桀骜
但可以触摸，可以行独木船，从夏天到秋天
中年的孤独感就是这样，反复消长，让人一不小心就患上偏瘫
似乎你不一样，你学会如何保持思维活跃，衣着光鲜，常常
喜欢白天甚于夜晚。从不和别人奢谈青春
不会房事过度，不会在晚宴过后轻易显出酒精中毒症状
但本质又是一样的，你工于心计，在厨房和厅堂之间
善变，犹豫，害怕更年期像天黑一样突然到来

就连荣辱都提前了，我们爱悬空的建筑，爱国家银行和
防弹玻璃后面灿烂的脸。我们爱飞行技术，爱工作之上的工作
我更爱烟草，不是爱燃烧；你更爱化妆品，但不是爱它本身

我们爱孩子，亲人，朋友，以及其他的人
我们是两面镜子，朝夕对照，从不交谈，空气一样透明
每天早上起来，看不到对方，竟然谁都没发现
伪装就是这样开始的，我们试图用跑步机追赶昨天
用旅行调剂平板的生活，我们用流行杂志及附带的光盘
屏蔽书桌上的尘埃，在意它们就像在意别人对我们的评价

从来没有这么故作镇静，又从来没有这么相信硬币的两面
把它抛向空中，又怕看它落地的样子
但不可避免地，魔术每天都在演。我从衣袖里变出赶考的书生
你希望它是雪的女儿，我又变出刚刚断奶的狮子王
你希望它是准备奔跑的水晶鞋子
所有的细节和故事里完全不一样，我无法向你解释
为什么餐具会在深夜叮当作响，为什么夜晚比白天还要漫长
就像你说不清，菜谱的辛勤变换，洗衣机的疲惫运转
始终还是改变不了，美丽的谎言背后，那可怕的铁一般的现实

2007 年 3 月 16 日

住在午夜的苹果里

接下来的事就很完美了：住在甜蜜里
吃着甜蜜，披着冰凉的身体
一起周游世界，往往会走些弯路
有时快，有时慢，这并没有什么不妥
相对结果而言，我们更喜欢过程一些
“呵，顽皮的孩子，故意让国家花园空着肚子
等上个把时辰……”后来累倒在某处
你的绽放，胜似一次崩塌。不过，谁也别想
用时间的小刀找到我的去处，作为肇事者
我不在东半球，也不在西半球
只有你清楚，我的死，发生在最核心的部位

2007 年 3 月 21 日

渔夫某夜忆金鱼

它们给我木盆，我还给了愧疚
它们给我漂亮房子，空虚住了进去
它们给我一个女人，后来成了我的王

它们就住在隔壁，我们曾经不是海洋上的好邻居

2007 年 3 月 21 日

关于结果

戒烟三个月做得到吗？神在问
我不好回答。他这是把我当成某棵树，要开花
要结壮实的果子。你知道
我深爱这些挂在头顶上的，红彤彤的
多汁的形象，和荣耀一样，深入我的年龄里
有时多动，扭起来让你感到，世界都在围着它转
静下来时，则和我平分后半夜的睡眠
它让我勇于承担树的身份，偶尔移到客厅
有时在厨房和书房，大多时候都规矩地长在卧室里
而烟草是另一棵，我们互相依赖
不干涉对方的人生观，并且结着各自的果子

2007 年 3 月 22 日

反复的3分17秒

这是身体，和时间在告别
这是热量散失后星期四的冷
这是白色的云朵落在景云山附近

这是一支短歌，我听不下去

2007年3月22日

花园小区的缺口

本月份的缺口，出现在围墙东面
园丁从那里经过，带着一整套器具
叮当作响，采花贼稍后一些
没有化妆，只带着他自己
送奶车亦从那里经过，落下满地的河流
业主们从此上船
娶妻生子。而时光机器从不疲倦
当你发现的时候，已经晚了
只有等到下旬，月亮会脱下表情来修补
遗憾的是，狐狸精从此绕道而行

2007 年 3 月 22 日

家庭晚宴

过程中，三个人头碰着头说话
甲：“砍柴人发现了藏宝图。”
乙：“购物狂在皮草上跌倒。”
丙：“小动物偷走月亮的耳朵。”
甲三十岁左右，样子有些疲倦
乙从不透露自己的年龄
甲多年前开始吃乙，并上瘾，卖力
丙是如今剩下的那一小部分
丁和戊是另两人，一言不发
或许还有另外两个，他们
常常看着餐具发呆，假装不在场

2007 年 3 月 27 日

短　剧

我从来没见过这样的匹夫之勇：
他们很努力地爬上竿头，遇到了太阳
和果子。太阳沉着脸
一手把果子握住
他们不干，齐刷刷造反
箭一样，向上飞
没经过化妆，表情真实得让人惊讶

2007年3月27日

洗手者

染了太多坏习惯，和那棵树一样
春天快过了，还迟迟不肯开花
晚间到来的飞行物，不怀好意，随意歇脚其上
正是这双手，当年鬼使神差地种下它
现在重新审视少年的冲动，和不可预测的背离
他在一面镜子中，小声哭
热的水，冷的水，交合着
一遍一遍地清洗，可它过于倔强，难以把握

2007 年 3 月 27 日

病历表

第一页是食物中毒，吃蔷薇科植物
某些时候，还啃它的根块
后来发展到晚期，那是 1994 年
中间部分写着，数次出现过高烧和昏迷
第二页里，曾有过
用竹竿捅月亮的行为，月亮说痛
他自己在哭，有时候笑
第三页，记录的是爱和不爱的讨论
结尾时，三十一岁的男人甲，把医生背回了家

2007 年 3 月 28 日

飞行者

他掉下来，落在对面的阳台上
女主人当时正在厨房里，抱着一棵芹菜
因为受惊，放弃了下一步的工作
目击者认为：由于他的沉迷，导致事件的发生
男主人半小时后从哲学的迷宫中钻出来
怎么也解释不了这个意外
准备再从风向和翅膀的硬度等方面着手
却发现阳台空空，连目击者也一并失踪

2007 年 3 月 28 日

2007

像一片瞬间钝掉的刀锋，在年终
从砍伐中败下阵来，告别风度
和无边的肉体，像刀锋上冰冷的泪滴
含着血，为忠诚默默付出代价
像泪滴上的冰，像冰上的刺
逐日稀少的水分无法滋润的尖锐心灵
像记忆将真实覆盖，像旧情泛滥成灾
像东风破碎，一个人轻易就
背叛世界。像黄沙卷起孤城匆匆而去

2008 年 2 月 7 日

被忘记的

从夏天到秋天，有生和死
有爱和恨在进行，却都不足为奇
可怕的是遗忘，不声不响
从树木中间，抽出钻心的虫子
从雨水里，撤走清澈的部分
只有空气还在运动，时快时慢
时冷时热。那是钟表的躯壳
抛弃了时间，那是一本获罪的书
突然返回处子之身

2008 年 2 月 7 日

谈话录

肉和肉在凡间相遇，可能和不可能
从此彻夜纠缠
我们说旁观者，因疲惫而虚伪
我们说胆小的兽，如何被自己捕获
我们说月光杀人
我们说日行千里
我们说破镜重圆
温暖暗藏于冰层之间。我们说
开始的时候，故事就已结束

2008 年 2 月 7 日

身体神

冲动的神和酒后的神
存在本能的差别
吃光阴的神和打坐的神
是同一类神。不同的是
身体的神懂得不安
常以劳作谢天下
这一天众神上天欢聚
只有身体的神
被罚留在人间

2008 年 2 月 7 日

雪中的王

春天时他急于讨伐
奈何桃花布阵
一夜间兵马尽失

秋天时三千妃子在哭
他说刀锋困顿
座下的诗人江郎才尽

如今有人传授踏雪无痕
有人诵经安魂
他一心念着夏日里走失的小冤家

2008年2月7日

偷书贼*

是孤独在内心发芽，是充满渴望的月份
悄悄潜回时间之中。那些匆匆离去的人
带走车轮和忠诚，带走童话和唯一熟悉的梦境
他们抛弃书本，影子，和宽恕
他们抛弃了都柏林。是阳光在指尖破碎
是一千条街巷在考验傍晚抵达的马匹
黑衣过客忽隐忽现，天空凌乱而无人打扫

那叹息像风声插入墙缝，祖国的旧伤间歇性地发作
夜莺的盲目，让夜晚瞬间失去
属于自己的形容词。广场中央，大马戏团在激情表演
散场之后没人说话，歌唱者委屈地躲在某个角落

需要一个干净的礼拜天，用来排列快乐
游戏，和朗读，需要一个喝过烈酒的父亲
需要烟草味道和爱的围绕。果盘上
盛着被忘却的疼痛，和充满敌意的秋天
需要一个时刻，让泪水把牛奶温热

需要零点之后挂钟苍凉的暗示——白天曾经近在
　咫尺

这是夜晚恩准我们眺望的权利。书写从发梢开始
甚至不需要纸笔，不需要台灯和温暖的壁炉
就能一把握住，像放学回家路上拽着书包带子
那样紧。而我们要把沉重的包裹，放在这个小镇
　之外
放在一生中连写信都不会再提到的地方

多么漫长的跟踪，词语在人间捉迷藏
陌生的姓名散发出让人着迷的淡淡香味
他们游走在书页之间，像鱼，像露珠和太阳的颗粒
他们是另一个世界的父亲和母亲
隔着火和灰烬，带来让人意想不到的消息
而冬天的汉密尔大街，被冰雪覆盖
我们要把岁月，荣辱，和这些不为人知的秘密深藏
　在这里

2009年11月15日

*《偷书贼》，（澳）马克斯·苏萨克著。

第六部分　光阴书

（2011—2016）

多少年了，我一直在幕后

心如流水。看他们登台，退场

十面埋伏，或四海升平

梦寐星河

一

今夜我是潮湿的。在南方
注定要为一个人写下柔软的文字，为另一个人
打扫光阴。五月的暗比四月要薄一些
你可以看到我体内的石榴，缓慢地炸开
你可以看到，我中的毒有多深

其实今夜我是失眠的机器，在星空飞转
用肉身包容钢铁的冰冷，也包容着你
用呼吸挽留疯狂的黑夜，也挽留你
用泪水淹没这座城市，而你淹没了我
如此致命

二

那是一场雨水恩泽大地，万物在歌颂我
垂老的王。那是我黑发缠绕的旧梦
一丝一丝，被时间切断，落地有声

而你呢？在世界的另一角落
在海岸线上把玩云朵，直到它们
心灰意冷；在冰山之巅寻找失踪的足迹
直到自己被谎言覆盖

你还在云端之上，在我触摸不到的机舱里朗诵离别
你会哭么？

三

今夜所有抽象的事物都血肉饱满
流亡的黑字回到白纸里，你回到我怀中——
你是爱埋下的倔强种子，向着他乡生长

我甚至还用乡下口音和你打哑谜
用手势揣摩每一个字的发音
我所不知道的是，热带雨林遮蔽了真相
你就是那个一手播撒福音，一手翻云覆雨的人

四

请原谅一盏灯，当它熄灭
请原谅苹果的甜和海的蓝。原谅一个人
假如他的回忆已碎如三月柳絮飞，在一场烟雨的掩护下
远离我们。要原谅一个人的真

原谅一个人对黄昏多余的解释，原谅他满怀的喜悦和来之不易的安慰。

五

遥远是今夜最近的距离。在星河两岸
哭泣的是人类最亲的兄弟，我是其中最小的一个
我拥有的球体写满伤痕，在你左右
有时模糊，有时清晰

我是你的影子，是你穿越时空不小心留下的一丝划痕
那么纯净。我是你随身携带的知心镜子，透明得
没有了自己

六

今夜过路的妖精借走月光，你成为永恒
唱诗者潮水般短暂，句子萎靡

是的，这命运，是穿堂而过的阴柔之风
或者，一群失败的词盘旋头顶
是的，这命运，是我的臣民在暴雨后挂出洗净的幕布
我们策划了结局美满的剧本，却日日上演着
生死别离

七

在今夜光明是珍贵的。梦是珍贵的
梦中的人白衣飘飘，千里独行
他拒绝，他曾经屈服；他勇敢，他曾经懦弱
他，曾经如此珍贵

今夜的呼唤是珍贵的，回答是珍贵的
一个词唤醒神游的众人，我一个人
回答了世界

2011 年 6 月 12 日

送 别

那是悲伤为甜蜜让路，是客居中部高原的云
在早间出发，一朵接着一朵，向东北方飘
我们是站台上的两朵积雨云，挥手之间突然炸开

客车带走云朵和两个人的过去，那是一首诗装不下的悲凉
人群在泪雨中失散，我们转身，已找不到来路

2011 年 6 月 15 日

笔　记

放下一本书，和它不能承载的文字
你所怀念的，切纸刀的光芒被隐藏，读书人在哭

放不下的那一页，是诡异的生意场、不可信的情感
是铅的毒腐蚀了故事本身
情节的错综复杂让人焦头烂额，积蓄的勇气在年初
　被败家子花光
理想如此虚无

更根本的原因是，作为建设者你不能触及建筑的
　核心
和这样的悲伤如此相同——

我呕心沥血刻画的人物在书中破坏性地复活
他桀骜，张扬，轻易就背叛缔造者用心良苦的初衷
他绕过久未打磨的笔锋，绕过你和你的密谋者
把时间切开一道口子，落荒而走

2011 年 6 月 15 日

等 待

八点二十分是一段发芽的木头，在城中心暗示着
夏天可以让人活得长一些，这是个亮点
在瞬间放大。彼时，人们放弃惯用的伪装
赤裸地思想，毫无保留地说话
手机短信从来没有那样亲热，风都会说：
“乖，我等你。”
月亮的到达是不可期待的，圆缺的日子并不明朗
出浴的人慌慌张张，怀中的小兔子蹦了出来
我只是个犯错的伐木工，背着满腹歉意进城
但在公交车站，八点二十分，依然让人看到了希望

2011 年 6 月 15 日

在甲秀楼的孤独

有桥，有楼，有庭院深深，有水声暗暗清洗
那是不能弹奏的曲子。小树下怀春的人忍着疼痛生长
朋友不能疗伤，我把自己分为三段，今夜全部交付

谈生意伤神，谈理想伤心，谈感情伤人啊。只有石头是可信的——
有人刻下文字，有人刻下图腾，我刻下自己
和一触即发的咒语。在甲秀楼，一切仿佛都是真的

有茶，有火，还有有约不来，无眠人熬到油尽灯枯
手机断电之后内心遭遇事故。夏天太长，阅读太浅显
一个人的经历，是一部被教育抛弃，打开就不能合上的经书

西窗渐破。一个布局在另一个布局中露出败迹
怀念的药性不肯消散，那是不可谅解的力量试图挽留过眼的风景
是小虫在桃心状的天堂迷路——它曾无比热爱人间

2011年6月27日

美人的悼词

那是公主纤弱的手，折断了风声
是采花贼的哭腔在房梁上垂死挣扎，整个六月
像一部未加剪接的电影，我是偶尔路过其中的群众
　演员
目光痴呆而内心悲切；我两手空空
而王的粮仓堆满了道具

没有月光探路，黑夜的嫁衣遍布谎言的针眼
那相约私奔的冤家，在客栈里莫名失踪
我的恨留在慌乱的年代

整个中原，只听到小红马蹄声达达
那不是归人，那不是过客
大地用孤独的语言，叙述一部关于女人的
失败的史诗

不可预料的结局最终被青苔覆盖，我看着人群江水
　般流逝
书生焚诗，侠客断剑，曾经怒放的菊花
撕碎自己的裙摆

把骄傲还给时间，把耻辱埋在雪地
在美人失宠的国度，我的爱只剩下一堆白骨

2011 年 7 月 7 日

彼岸花开

此时我不得不打开墓地，把时光中多余的部分悄悄关闭
对惯于眺望的人而言，过去是那么让人难以启齿
只有酒是可以留恋的故人，如月色的倾泻
如气候学里温暖的词句，从去年的今天一直通往未来。如勇气
让一个人抱着小小的幻想，从前世漫游到苍茫的今生

在隐秘的，被夜光杯照耀的所在，我的虚无
比天空更为通透，比浮云更加动荡不安
那是一场梦吞吃着无眠的人，包括他异于常人的五官和散漫的思想
包括他所厌倦而又不得不服从的使命
他的呓语复杂得如此简单，命运的闹钟在清晨被随手拆散

我绕开空阔的道路，绕开或将在中年邂逅的知己
和他积累几世的悲伤，我绕开星辰和它们垂泪的眼睛

在陌生的星球上，有一种光阴让人忘却舟车劳顿和
人生甘苦
像咖啡的醇，像毒药的甜，像你的到来和离去那样
毫无知觉
这又是必需的功课，一切刚开始就这般妙不可言

你用身体的红书写灿烂的生死，那是一种迷狂，在
我们之间
失去衣装的人会追问心灵的去处，而我失去了江山
我失去的不只是城镇，车马，尘埃，这些可见的物
还有邮包里装不下的秘密，和远涉重洋的雄心
结果你看见，一切安静下来，我就这样抛弃了时间，
和空间

2011年7月8日

牧羊人之月

1

需要一个声音，需要一场梦
来运载这群夜色，需要一个人
来表达宁静的冲动。安睡在这里的
是王的替身，优雅，高贵，让月光倾斜

需要感动，和一条可以随时间弯曲的鞭子
来号令一群词语，这些忠诚的子民
在盛夏投奔一首苍凉之诗

需要光，需要淘洗
需要朗诵，需要一次漫长的旅行
对天空之上的栖居者而言，人间的晦暗
是一件疲惫的外衣，包裹着辽阔的内心
和每一个期待祝福的清晨

需要醒悟，需要畅想
需要流水般不断地安慰
需要滋润，让青草漫过欲望密集的城邦

2

是航班把日子延误，云放弃了思想
是爱在流连，光阴打转
果实在怀中蠢蠢欲动，灼热的雨滴滑过脸庞

是飞行的王卸下翅膀，身体是一个包袱
装满绝望。是软弱的器官
逃避了责任，是满足后巨大的空虚
吞没牧羊人，无辜的羊群流落江湖

是陌生的人群顺水推舟，岸在沉没
巫术中出走的王悄悄经过身边
——这是不宜再见的道别
吐出一个词便万念俱灰

3

此时大地无声
此时幸福是散落的果子，被一一领取
此时王在火车上，在水中
在花间，在一次次久别重逢的欢悦里

此时琴键上的手静止。飞翔的树改变了行程
此时，语言拒绝表达，灯火拒绝照耀

恨拒绝了恨。在牧羊人的世界
此时刚刚开始：星辰拒绝描绘
风拒绝了雨，正在发生的事拒绝了传说

此时，人们寂然相爱

4

如是。请打开隐秘之门，让前世的洪水奔腾不息
让黄沙迷漫，让修行经历考验
缔造者两手空空，满眼飘荡的诺言

让群山高耸，让烈焰燃烧
让风景在画布中摇晃。让流亡者回归王的府邸
微小的，终将宏大，那是过程
平凡的愿望遇到插曲，白马在中途转身

让故事找到结局。让羊群奔跑，让鹰飞
让呼吸厚重，让钢铁坚硬，让柔情无处躲藏

已经太久太久。让该来的到来
该走的，不曾离去，怀抱热带雨林直到天亮
让王的泪水喷涌而出，让冰凉的清晨怀念昨夜的
温度。此时人间正七月
让烟火在熄灭之后，照亮另一个故乡

5

今夜，是最好的夜晚

今夜是温情泛滥的容器，王乐在其中
管弦齐发只是一种表象，俨然身后连绵的山脉
用表情冰冷的草木掩护内心深处的矿藏
但城市并不如此，袒露与尖锐被人们传为美谈

今夜是美的综合体，用细碎的心思原谅孤独的牧
　羊人
原谅突然的失语和不合时宜的姿态
一场交谈从此被怀念，有如一头无名的羊
在若干年后，被草地牵肠挂肚地想

梦想止于仰望。今夜，叙述是多余的
列举是多余的，抒情是多余的
今夜分解的幸福，像星光一点点被风吹远

今夜之后，无人再唱牧羊曲

2011 年 7 月 27 日

火车火车

我以为自己一直在钢铁之中，为其所爱，和以往一样
可以细细地品红茶水，和对面的陌生人聊天，无语时会打盹片刻
或哼哼，慵懒而快乐，但这一次我体会不到颠簸的快感
风快得让人看不清，像我曾经青春的日子，呼的一下就过去了
出发之前我曾与你打赌，这次旅行的尽头一定是秋天
有挂果的树，那金黄让人暗暗欢喜，我会把我看见的带回来
可这时我什么也看不见，温州的夜晚好黑

2011 年 7 月 30 日

对一只乌鸦的命名

从树开始，只看到落叶
从天空开始，只看到浮云
从文字开始，只看到虚无

这工作是矛盾的，并且宿命
不能掌握的并非太远，而是太近

又试着从色彩开始，从声音和重量开始
依然不能准确呈现一个物体
和另一个物体的区别
耳闻和目睹，都背离事实本身

但又如此急迫，需要黑白分明
需要意义和认可。生物学和社会学
伦理学和美学，无法互为因果

唉，人到中年还不能停止这样的想法
只能对一只乌鸦报以歉意

2011年8月8日

男人节

办公室空旷如广场。电脑，茶几，带刺的植物
平日里善于伪装的雄性物体作鸟兽散
不安于孤独的文字，在空气里忸怩作态，比尘埃小
活脱脱一帮散兵游勇，反义词在笑。这日子
对某些人来说发甜，略带酸，实际上是咸的
你由此及彼，联想到大海辽阔，出现的却是树木参天
你想说梦想偏爱年轻，可平凡人往往瞬间垂老
不知是哪个系统出的故障，导致表达口是心非
到最后还是空，还是慌不择路，一头撞进去就出不来

2011年8月8日

有些怀念

有些怀念：一间黑店，人肉包子
以及有时劫财有时劫色的老板娘。剁
捏，蒸，煎，熬。她喜欢把爱情俘虏后肢解
重新弄出各种花样，过程
温柔而残忍。她看上去往往是快乐的
和一个在乡下玩弄泥巴的小白痴
没什么两样。那是十年前的江湖
我刚出道，是个年轻气盛的
三流剑客，兼有书生的部分臭毛病
我会用哲学去迷惑对手，用杀伐来表达抱负
我以为自己天下无敌。
那晚第一次出手，我逃过蒙汗药
却倒在鸳鸯刀下。作为猎物，理应成为包子
或可以进入下一个猎物肠胃的肉制品
但我进入的是，意外的深渊

2011 年 8 月 8 日

祖母来信

“你所留恋的世界是一个夹层
是商场楼与楼之间的一片空阔地
水与火、人与人在此交换
结果都将写入天堂记事本
而物欲除外——这部分从没被带走

灵魂是一个假设，让你看到
前世和来生似有通途
而年少时拥有的山路和如今凌驾其上的飞轮
并不能抵达。”

“我的存在不以自己为基础，而是你们
像蚂蚁顶着高高的尸体
那沉重的虚无之相，让回家的路程
漫长而忧伤。但兴奋是常有的事
掉队和偷食属于甜蜜的意外
在光阴之外感知另一种力量的生长

我看着这一切往往会掉泪
犹若露水被执着的草尖打动

在盛夏偶遇一场秋霜。”

“在这里语言是次要的，追问失去意义
大家认可的欢乐，不同于昔日
往柜子里添加小物件发出的声响
也不同于劳作获得星辰的赞誉

在这里花朵从不正面回答雨水的问候
寂静是永生唯一的标准
如果还要坚持发布请求，匿名是必要的
福祉是人人可摘的叶子
每一片落下都会那般安详。”

2011 年 8 月 15 日七月半

深秋的咖啡馆

出卖月光的人，隐于云烟
或可能的夜晚

这是一场躲藏游戏，让你的城市
瞬间妖娆。这不是青春的轨道
以及中央广场承载的命题

让人不忍搅拌的杯中岁月
是我惯于清洗的手
写下的浓郁诗行，而你品出宿命的味道

这仅仅是，一间咖啡馆
献出了意外的深秋

2011 年 8 月 28 日

成人之美

还有什么需要解释?
如无，则歌颂彼此释放的能量
融入剧中。太多卑微的虫子，乐于反串
寄生于欲望表面，玩命，并由表及里
深入成它的一部分
其间亦有挣扎，困顿，换位和思考
直到体内乌云密布
天空化为液态，时光转眼不可见
脱身者从中悟出：
事物因有缺憾，而呈现恩泽的圆满

2011 年 8 月 29 日

明月书

第一夜

夜晚比白天晴朗
暴露河流的行踪
灯盏饱满的核，和放灯人
皮肤下透明的思想——

一轮明月浓缩了自己
那是太阳燃烧后的晶莹灰烬

——躯体叩问空气
体内传来大地的回音

第三夜

有苹果树荫蔽的童年
命运似乎刹那铺开

游戏中的孩子
迅速经历青春，幸福

和衰老。这些词
都是真的

明月恍若玫瑰
照见自己的枯萎

第七夜

他们一再错过，风景和理想
大海的倒影近在咫尺

温暖与浪漫停在嘴上
相继在语言中消隐

只有明亮的孩子
永在橡树与山毛榉中间
成为它们的一部分

第十五夜

这一夜被告别填充
这一夜的人，被故乡抛弃

歌声淹没夜莺
在路上的人，一再
被月光催促漂洋过海

第十六夜

我化身小丑，融入剧情
为男女主角所欢喜，甚于观众
因愉悦而爆发欢呼

肉体的消亡带走传奇的爱情
只有我的心留下来
眼泪作为配角，碎在墓碑上

这一切，并不都在剧中

第二十八夜

和风一起经过居所的天鹅
用飞行构建秩序
掉队者是悲剧中飘落的注脚

太阳充满渴望
落单的天鹅有宽阔的翅膀
带领孤独，影子压住平静的海面

第三十二夜

死亡成了一件往事，遥远的
不被人谈及

囚徒被时间带走
空中留下一堆音符
安魂曲，或者欢乐颂

王冠和姓名一样安静
在曾经的版图上
月光满怀热爱，表情冰冷

2011 年 9 月 19 日

空城记

一

譬如贵阳，早晨藏着深秋
阳光暗含泪水。宝山路的午后，成为让人怀念的
光阴。喷水池在裂变，一生四
四生出车轮滚滚，人群慵懒聚散
时间在广告大屏幕中才被珍惜

你是神。行踪飘忽，为拥堵的城市人让路
在街头，可以看一场卖花记，或捕鼠记
可以看石头记，十二金钗在拐角处净身而立
可是这些，你视而不见

二

你看见的是，男人顺着山势起伏
女人跟随河水蜿蜒。你乐在其中
如一具木偶，灵魂细成一条线
贯穿在时而苍白时而复杂的表情中

盲人看见色彩奔流，包围了城市
街道瘦长，白日与黑夜纠缠不清
问道的人在东山迷路，森林被楼宇替换
一根木头在回家的路上，整齐而纹理突出
过度修饰的模样，竟没被搬运者认出

三

多年前，应该有一场雨从此路过
或者一场战争，洗刷掉烟火和激情
车辙和历史一样刻骨铭心。古人有心无力
留下叹息，带走了思想
留下文字和尸首，带走了传奇

你是神。却被历史掌管
你怀着孤独，怀着花开花谢
你的心丰富但精神营养不良
你眼睁睁看着一切发生却无法说出

四

建设者的离去比到来更让人期待，那是完成
和圆满的预示，是空的结束
把一座城雕刻成一个概念，让一个人
换了一个人——改变一个词在词中的地位

陌生人在人行道上流连，化为雨滴
树木，和鸟声，沾满故乡的味道
商场庞大的吞吐，百货羊群般漫延
你是神，你在栏圈边上计数
用神的意志哺育城市的心脏

五

明净的孩子住在云朵里，这是一种
建筑无法企及的高度，是创造者难以想象的
境界。阳光一不小心跌落
云雾退身，高原的面目
被揭开，鲜艳如孩子的脸

你是神。天空的缺席者
拥有大地的血统
你可以传授耕作，园艺，梦想之术
你却无法以爱作范本，讲解人间之爱

六

被注重的是肉身，看不见的事物
统统被卸掉，因而，沉重变得轻盈
轻浮的，遮蔽自己的本质
你是神，你在无人察觉的空气中
搬弄是非，翻覆云雨

可怕的不是遗忘，而是行为本身
飞机穿过大气层，写下一串宣言
一瞬成为永恒
让人用一生思考，超越生死

七

人们热衷运动，演说，用过去式
曲解未来，用热血
交换热血。这一切
成为曾经，不可阻止

你无神。山峦散去
河流倒行，掌舵者迷失于游戏
这是一场怎样的牺牲——
万物矛盾着，在前进中倒退
你无神，坐化为一座空壳

2011年10月16日

致歉书

“在一条没有温度的巷子，我缩略为
祖国的心脏，像极了装甲车上
卸下的一个零件，磨光了棱角
但坚硬的，钢铁的属性保持完好

而我的母体，刚刚从街心花园经过
从鲜血和成堆的石头上
沉重地路过，留下一地
深海鱼的喑哑”

“我的肢体和内心一度失去联系
抑或是，处于一场内外科结合的手术中
药物让疼痛黯然失色

雨点消融，成为河流的一部分
被泥土挽留的，去处让人难以回答
尤其在傍晚，我的匆忙
成为大地悬空的借口”

“我曾是那一小队士兵的头领

灵魂中了魔法，只遵从一种指令
列队，前进，步伐一致
多年前，器官被悉数盗取

上帝遇见的孩子，和另一个孩子
并无太大区别，除了影子的长短
以及指纹上，常常用哭泣读取的命运”

“多年来，我们习惯沉睡，此时
醒来者掏着心窝，旅行者从机舱向下张望
曾经热爱的世界寂然而陌生

他看不见，当然看不见
某片森林里，千万朵不安的蘑菇中
躲藏最深的一朵，像极了我
心里想说的，用词语已无法表达”

2011年10月30日

偏坡的黄昏

落叶自大地升起，逐渐空出的停车场
遥远而辽阔，迟暮的光束
从指间绕行，缓慢的，金黄的欢愉
一点点化为血
倦鸟投林，无人过问归途事
群山涌动，瞬间消失于茫茫怀抱

2011年11月9日

在王宽

在王宽，一群吃完树木的人
开始吃石头，钢铁的大嘴
钢铁的头脑，他们来自另一个星球

在王宽，一场梦醒来是另一场梦
瑰丽的鸟声，温热，带着咸味
空气中布满破碎的液体

多年后，在王宽，一个人能做的
十分有限：打开窗子
告诉人们，这黄昏中的城堡
掩埋过草叶般锐意的青春

2011 年 11 月 15 日

过小关湖

一棵树停下来，看自己跑了多远
这是湖边，年轻的落叶松
枝干上，有锯齿形的屈辱
和无形的悲伤

黑夜缠绕过的根须
让汽车的速度一慢再慢
这是云朵载不走的人生日志
这是北半球上，阳光穿不透的早晨

2011 年 11 月 28 日

冬　至

天气从键盘上凸起，文字蛇行，滑过大半生
冰凉的，犹豫的，穿透力
这是傍晚，一个人逗留在半空中
修改时间，给昨天之外的部分
贴上沉默的标签

中年是记录中的停顿，抽纸盒冒出的一张
有弯曲的高度，空白的，柔软的心脏
它曾是自然的骄傲，从森林和机器的梦中醒来

玻璃窗关闭两个世界，想象力变黑
归途在车轮上飞驰，人们颠簸着自己
为逃避冬天而奔向冬天深处
高楼上的空巢，有外星人吹送带温度的气体
和海洋的消息

2011年11月30日

悼　亡

必须对一枚果子的成熟怀有敬意
臣服于自然法则——当它被时光摘走

不能怀念，不能粗重地喘气
不能，任表情在风中脱落

不能哭，不能对树怀恨在心
不能让花朵绝望

一直是这样。必须感恩
必须在众神缺席的黄昏保持长久的沉默

2012 年 4 月 1 日

五月薄如蝉翼

弯曲的不是道路
是天空。奔跑的不是骏马
是血脉与身体决裂
群山翻滚，大海化为露珠
时光拦截夜行人，五月薄如蝉翼

2012年5月15日

回　音

1

“每天来到身旁的，过于热烈
我不需要取暖的器具
只要一枚水草，一只绵羊
像柔情，周期性的安慰
像飘移的梦想，四海为家
语言是无力的，盼只盼
山风吹送好消息，草木在怀中安睡”

2

“你有一副英雄的面孔
像刀身一样硬朗，甚至无懈可击
但每次都一样，表情缺乏变化
还不如打回原形，做一只白狐
一只松鼠，卑微而真实
比如说前程，遥远而渺茫
你看到的都是障眼法
真正的射手会多一个心眼

即使蒙上一块黑布，世界依然一个样”

3

“给前世的回答，只有今生
能够听见，对你来说
青春永远是一件奢侈品
需要天大的窗橱才放得下。人间此刻
正是傍晚，过路的影子
留不下足迹。而光明如此稀薄
歌声如此稀薄，日子如此
稀薄，喜欢怀旧的林子
在风中保持着长久的沉默”

4

“是什么打动铁石的心肠？是什么
围着五月的城堡，像我张开的怀抱
温暖而陌生？时间的魔术师
变出玫瑰，鸽子，和挤着眼睛的吉祥物
让人欢喜，无暇书写恩仇
让人无言以对，献出春花秋月
和赤胆忠心的果实。在征途中
面对满世界的爱意，我更多的是歉疚
纵然快马加鞭，亦难以回报”

5

“象征性的给予，冰凉而空洞的手心
并不能让求索者安定下来
拒绝是艰难的，石头的心中藏着人世的秘密
残酷而无奈。生命的颜色
一遍一遍涂抹，覆盖记忆
幻想曾辉煌，最后归于灰烬
如告别者的形象，在泪水中被反复清洗
正是如此。月缺是一个念想
太多的圆满让人穷于表达”

2012 年 6 月 20 日

光阴手记

1

老虎在酒桌上吐露真言
表情苍老得可以卷起来
这是一只会讲故事的老虎
它讲玫瑰，月亮上前人种树
后人砍伐，之后换着花样乘凉

它讲内心的钢铁如西伯利亚的寒冷
影子坚硬，肉体乞降
推土机的步伐让诗篇黯然无光

它还讲罗曼蒂克，不显山露水
它讲小矮人的幸福
与我无关。人间遥远着呢
它讲因果，讲寂灭
它耷拉的脑袋盖过西沉的太阳

2

石榴树在天空发芽，在别处开花
果子结在大腿上，你是其中发育不全的一个
得用一层薄薄的烟，养着
哄着，直到所有人钻进书本
瞬间被文字包围——这是快乐的囚禁
或在青草中藏身，世界可爱起来

柔软的武器别在腰间，伪装得好极了
就如从来没有抽出过
锋利的语言陈列在超市
和那堆过了保质期的滞销品一起
和我们擦肩而过。好吧，这时候
我们握手言欢
尽管我们和自己为敌多年

3

时光是雌性的，比如月色
比如阴影，以及细雨蒙蒙的日子连绵不绝
而空间是阳刚之物：一百座山峰同时醒来
一百头猛虎降临日光之城

在高原穿行，会忍不住冒出这些想法
忍不住，想犯一些小错误

我们不太习惯风景倒退
让树木像溃败的士兵散回家乡
更愿意河流和山川保持本来的样子
像母语第一次喊出的名字身上
这么多年，都洗不掉的痕迹

实际上，大多时候我们都顺势而行
逆行一小段，成为长久的渴望

4

风本过客，拥挤而散漫
随后，雨水检阅沉重的烟尘
山中偶遇的人遁入土中，或化身为蝶
或火种一样被保护起来，任何一种可能
都让追忆困难重重

我们询问林间百兽
群鸟，和收集露水的修行者
一切皆不可知。这是一片空白
被强加了注释，这是一起混乱的事件
必须祭出一位带头大哥

在波澜不惊的镜中，我们促膝交谈
更多人只看见云朵抽搐，美人翻滚
看见盛夏炎炎，内心的空房子
广阔得，藏不住一个受辱的词

5

用一杯酒作一次等待，用穿越生死的雄心
安慰路上的徘徊者，对道路而言
火车和软体动物有着惊人的相似
可以放在往事中拆卸，又可放在未来里
装载未来，可以往其中
填充意志和情感，它的铁，它的骨
它的豪言壮语，常常被剥离一边

从恨到恨，从苦难到苦难
只有一毫米的距离
从爱到爱，从我到你
隔着十万八千里
——光阴没有尺度
我们会哭，没有了眼泪
我们爱过程，甚于任何可能到达的终点

2014 年 6 月 28 日

短　途（三首）

短　途

半截筷子那么长的旅途，却也
走了半辈子，火车从不
为风景停留。火车带走恩怨
人披着露水，从某市，到某市
从繁花到荒芜，皆不是终点

广　场

起舞的，和歌唱的，不忍离去的
黄昏被无限放大
而弹奏者从不这样。他是坚硬的
花岗石柱的一部分
不舍昼夜，内心的碎裂释放出大海

山　居

这是前世。万木之中
有着血缘关系却不知名的小动物，早睡晚起

时而轻吟，时而参与合唱
你纵容他们，就如他们纵容你，吸烟
饮酒，保持坏脾气

2014 年 7 月 24 日

荷花书简

1. 印象招堤

乘风到招堤，化为一颗
熟睡的露珠，这是我的宿命

在夜晚，被书声照亮
在早晨，让一只采莲的小手惊醒

当雨天来临，可以擎一朵绿叶
将内心遮蔽，断掉所有浮世的念想

夏天会很长，放眼望去，人们
来来往往，满是劳作，辛勤的景象

从此学会等待，隐忍
用阳光衡量每一种决心

我会告诉你，这是在安龙的孤独
而你读出了额外的幸福

2. 南明过客

我是过路的无名氏，穿过几条街道
和一个王朝，经历它的含苞和凋谢

主人公对我来说，无外乎一个
疲倦的年轻人，用剩余的光阴拼命地想家

或许这只是一出没有票房的戏
一个客串的角色，没演好他自己

但历史不可假设，客栈里失眠的过客
体会不到，时间落在刀刃上的感觉

向你提到的节操，来自十八个外乡人
热血和泪水的提取物，让青草割了又长

这远比石头，和石头上的字痕，更为沉重
只要轻轻触碰，世界就会痛哭

3. 在王囊仙像前

我不是一个会讲故事的人
面对这样一位女性，叙述更显得多余

她一直站在这里，被十里长的香气围绕
因失去的头颅，而显得更高

如果还能言说，她吐出的每一个字
必是一场风雨，毫不留情地落在我们身上

可以肯定的是，那只指向天空的手
绝非最后的定格：还有崩塌的部分被省略

只是，她在昨天承担太重，而今天
又被赋予太多，石头的光芒微微发凉

我更愿意，她只是采莲女中，最不起眼的一个
每天披着歌声，默默劳作，早出晚归

4. 半山亭记

我已打算好了，当儿子十一岁时
一定带他来爬，这座无名的，低矮的小山

在它的二分之一处，歇凉，听藕节生长
顺便写一篇，惊世骇俗的文章

一百年前，也有一个孩子，跟着父亲
像一粒种子飘落这里，后来长成了一尊雕像

两个同龄的小家伙，在此相遇，可以想象
他们相见恨晚，成为知音，或者对手

他们一起讨论文字的色彩，和大地的温度
一起观察天空的表情，和风云的动向

最重要的是，给这山取一个像样的名字
用一生再建一座亭子，放在我们心上

5. 化石

我看到的是枯枝，你看到森林，荒原
我看到的是贝壳，你看到无边海洋

你看到的鱼群游出纸面，在莲叶间
在云朵之上，比我的文字所能描述的更真实

如今和我一起藏身石头内部，有的流泪
有的欢喜，有的停留在漫长的梦中不愿醒来

我们都是天真的游戏者，和时光捉迷藏
说不清谁比谁埋得更深，谁比谁走得更远

若你到来，不要轻易惊动，作太多的解释
请接受无法拒绝的命运，让泥沙层层裹紧

比起这场安静的睡眠，一切都无足轻重
置身于永恒的世界，我为人类深深自卑

2014 年 8 月 24 日

给贺建飞

我有一杯浊酒，从胸中溢出，为秋风所荡漾
有人看见苦涩，有人乘舟侧过，有人溺亡其中
你穿过贵新高速赶来，一饮而尽
我唱相见欢，你抽一根白发，弹碎我的泪滴
我们各自拥有的岁月，短暂而又悠长，重叠的部分
如此不可理喻：你罐装的空气，我肉中的蛊毒
你楼下的小卖部，我后山上月晕缠绕的松木林
你挚爱白色的句子，我含着瘴气的流言，曾经构成
这个晦暗的省份。而我如一场薄雾，你是过路的风
甚至来不及说些什么，我们终将消失于彼此的杯中

2014年10月21日

灯光师手记

1

他们说要有光，我便给予光
以及局部的阴影
和观众席上，偶尔一小阵骚动

观众只顾喝彩，没人察觉
我打算出一趟远门
骑一匹大马，和你
穿过贵州高原，软绵的身体
之后换乘航班，在云中忘掉一些事情

2

也不在乎坏天气，我会带上
一间小房子，很小很小
就如你读过的《平凡的世界》

还会遇到一些同行的飞行者
我们会相互点点头，往往笑而不语

偶尔回到表演者身上，光线
震荡成大海，她们跳着跳着
就成了一群让人绝望的美人鱼

3

看，那两只蝴蝶，是不是我们
从琴弦里出逃，在祝福和诅咒之间
轻得忘却了自己

我们自有一幅山水
人们看见的是美和崩裂

那一刻，我只想熄灭所有灯光
掐掉，这支曲子的后半部分

4

一开始，我不太理解唱双簧的两个女孩
年纪轻轻，颜值尚可
为何要从事相声——这门老气的技艺

每一次随着光团晃动

我都感觉她俩是扫荡的鬼子
抱着机关枪，突突突突
台下的老百姓人仰马翻
我们躲在暗处，亦不能幸免

这时我想，这一串串屠杀的快感
以及，给我们漫长的旅途添加乐趣
必定是她们，学艺的初心

5

这一次亮灯前，我给你剧透
幕布后躺着的钢琴，是一只大鹰
静静地等待猎手

像我那样，习惯黑暗和光明的切换
适才，几个黑影盗贼似的把它搬上去
并没逃过我的眼睛

接下来，我要洒下月光
照耀今天的演奏者
他儒雅，帅气，衣领上的黑蝴蝶
仿佛刚刚漂洋过海而来

我们正打算往那里去
跟着他的手指
去那里，付出一生，或者更多

6

有一个合唱团，他们黄昏的故乡
像极了我们此行的一处目的地

白桦林刚刚被一场小雨洗劫
湿漉漉的原野，站着一排排手风琴
他们在落叶间，唱夜莺唱过的诗

此时，必须用暖色捕捉那群笑容
我知道，那是对我们，最高的赞美

7

最不想让那变脸的家伙上台
前一秒含情脉脉，后一秒薄情寡义
刚刚一脸富贵，转眼又一穷二白

我担心你联想到我，我们这一生
这种代入感是致命的
尽管，现实比这张脸还要难测

8

大多时候，还得面对刀光剑影
火光，血光，日月无光
还得，努力让它们和真的一样

还得面对，胸藏千军万马
终究救不了刀下的美人
奸佞像奸佞一样得逞
英雄像英雄那样悲壮

帝王和贼寇，脱下戏服月下对饮
我们还得，面对心灵的死
和岁月无声的消亡

9

多少年了，我一直在幕后
心如流水。看他们登台，退场
十面埋伏，或四海升平

我操纵每一盏灯，星辰的分布
忽暗忽明，为他们匹配相应的悲喜

与他们不一样的是，你的出处
来自于一台采茶戏，在主角背面
净身而立，仿佛等着闭幕之后
我摘下面具，骑马走到前台来

2016 年 12 月 27 日

附录 之间，言说

我知道自己的目的地
而对途中的一切难以把握
于是我只能制造一些假象
以使真相凸现

妩媚归途：艰难的返乡之旅

西　楚

我直到现在才渐渐明白BOUB DAB（我的外祖父）若干年前的那个暗示。

这个老歌师在无数个夜晚不断地向我复述他的梦境：关于浑黄的河水，关于铁的铸造细节，关于种子的来历，关于蛇，关于蝴蝶，关于一棵青草向某个方向的弯曲……他说："所有的东西，都在路上。"这似乎隐隐给我构筑了一个遥远的世界，那里没有呼唤，而所有的灵魂都朝着它飘荡。多年后的今天，我隐隐地知道，那是一种灼热的记忆，但它写满背叛，甚至遗忘。

如今他尚健在，被一袭青衣裹着，隐没于山中。而今他的歌声已经萎缩，我知道，它们退回到肺部去了。在两年前的一个冬天，我回过他的身边，这位几近双目失明、双耳失聪的老人，用习惯于黑暗和寂静的耳目适应了我，他摸着我的骨头："终于回来了，我知道是你。"此后几天，我在这座老宅——在风雨中飘摇得似乎失去根基的木结构建筑中，被一种杂糅着孤独、腐败的气味包围着。这一次，他向我说到了死亡，他很平静。他依然给我讲述他缤纷的梦境，那片土地变得更加清晰了。他说："我越来越接近它了。”

再次返回我如今生活着而且将一直在此生活下去的城市，“妩媚归途”这个词像半夜突然来到的造访者进入我的抒写中。那时，时光流转到了2000年。它让我兴奋，同时让我惶惑，在幻象的围绕中失去了词语。那一段时间的写作中，每一个词语都充满方向感，它们的奔裂给我带来的是无限而残酷的飞升之像。而我又必须以语言铺路，完成自己的“还乡”之旅。途中呈现的一切是如此苍凉、凄楚地美丽着，它们让我深深着迷的同时加重内心的伤痛。

在我的理解中，“妩媚”已经游离于语言之外，它与人有关，与具体的事物有关，从而获得自身的寓意。来自黑龙江的朋友杨铮的一则见闻丰富了它：2001年的夏天，在北方一座著名的寺院边上，一位穿着红色袜子浓妆艳抹的疯子用某种充满暗示的眼神暗示着每一位香客，并且时不时袒露出她的肌肤与隐秘之处。于是有这样的顿悟：这“妩媚”不就是衰老之前的象征和不可逆转之物的“具象”？而归途只是我必然也必须经历的一段过程。与写作一样，我老在想，我的宿命与“妩媚”和“归途”的关系是什么呢？

而那个老歌师的女儿，我的母亲，在每一次都长达一小时以上的谈话中，都让我彻底地回到母语的怀抱中，遗忘的东西，正一点点找回。她在每一次电话中带来千里外一个叫荡绕果的山寨的消息：关于种植、饲养和每一场风雨，关于生命的诞生和消逝。她那边每一个细微的响动，都让我看到银饰的光芒在闪耀，那上面密布的路径，它们曲折，它们绵延，它们带着苦难四处游走。

最近，我去拜访了巴狄熊·勇斌·作，这位年轻的学者（当然我更愿意承认他的巫者身份）。他曾经历时数年沿着腊尔山脉（连接湘黔的一座山脉，那里的苗族聚居区保留着较为完整的苗族文化）寻访一位又一位巴狄熊（苗族巫师），不断地走进和深入苗族巫辞这部神秘宏大的诗歌体系。现在，他同样在这座城市开始他新的生活。在那个小雨飘落暗夜的晚上，他给我带来了这样的暗示："苗族人是先相信诗歌，而后才相信有天国和神鬼；是诗歌（巫辞）的意境在心里的复活并流逝，才形成人神交流。巫师的功能是让亟待慰藉的心灵，在诗歌（巫辞）的意境中完成超越苦难与迷惘的神游。"他给了我一个更加完整的世界。

他的经历其实何尝不是在实践着精神的"还乡"之梦？他的叙述方式虽然与 BOUB DAB 不同，但他所要努力抵达的，依然是相同的地方。这位年轻的巫者给了我另外的东西——在寻找和背叛之外，没有第三条道路。似乎在告诉我，作为一种途径，我的写作已经不能停息！

其次，我要说到黛帕达，准确一点应该是 DAIB NPAD ZHAX。她来到我的诗歌中是如此的必然，在每一个夜晚我检阅自己的时候，她的妩媚却如此暗淡。我生命中经历过的无数女性，在此交错着进行对话，她们的形象相互缠绕，以至于让我难以分辨。她们带来的苦痛和幸福也相互缠绕着，而让我的表达不准确了。或者，她们的存在本来就充满了不确定性。按 BOUD DAD 所说，我"在路上"，我只能带走她们其中的一个，也只有其中一个能和我一起回到她所描述的地方。于是，在我疲惫的飞翔中，有了另外的重量，让途中充满矛盾、传奇和哀伤。

就是在这种交织中，我内心的突围变得一样艰难的同时也显得更有意义。我亟需向人们讲述我的一生或者比一生更多。直到 DAIDB PAD-SONGBD 的出现，她让能指的黛帕达成为所指。她带来倾听，她让我的讲述有了继续下去的可能。

在《妖精传》里，其实我依然是惶惑的，我知道自己的目的地而对途中的一切难以把握。于是我只能制造一些假象以使真相凸现。

12月，在这座城市（我更愿意叫它格鲁格桑），冬天缓慢地到来使人想到暮气，它促使一种内心的衰老在加快速度。当我面对这片天空而遥想另一片天空时，我流下了眼泪。

我惧怕我的不能抵达。

2002年12月

注：本文为2003年第一期《星星》诗刊“首页诗人”栏目推出《妖精传》的创作谈。

天生诗性：西楚

黑　黑

西楚是贵州当下诗歌理所当然的代表人物之一。他少年成名，大学期间即以善诗著称。但待到工作几年，经受了人世冷暖后，才开始挥别青春意气，逐渐向成熟诗人成长。

西楚这个笔名令人遥想起霸王项羽，但不是力拔山兮的豪气，而是虞兮虞兮那神秘的壮烈和孤美的舞姿。西楚之诗正如虞姬自怜千古的一舞，于中夜，于月下，于杯酒中，于幻梦般的空旷里，不可阻拦、不可挽回地惊艳。就仿佛“大风斜斜地吹，一个人走在他的嘴唇边上 / 直到消失也没有说出一句话”。

一向认为西楚的诗才令人赞叹。那种奇幻中充盈的秀美，斑斓中饱满的明净，显然只能出产于南方，只能出产于神秘的苗峒。那只能是天生诗性。有时我觉得西楚的诗歌上承楚文化之风韵，得楚骚之厚爱，恍然间竟有读《九歌·山鬼》的感觉：“若有人兮山之阿，被薜荔兮带女萝……”

我喜欢他对灵魂内部偶然颤动的悄然关注，如“有一天你归来时已尘封当年的容颜 / 像久别重逢的花溪，看一眼就忍不住潸然泪下”，如“天空布下蓝色将诗人挽留。养蜂人 / 你在爱情背后，你的脚步轻如露水跌入深深的花丛”，如“应该轻松地怀念一个人，若你在诗中/写下她的名字。那些泪水打落的青春花瓣/把夜晚重新擦亮”。仿佛生存中的一些隐秘一下子就被轻轻照亮了。

他的诗是纯粹的，如《枫木组歌》，像一块未受污染的温玉，柔和而透明。同时也是芜杂的，如《妖精传》，纠葛于现代都市与古老民俗，枝蔓横生。但就其诗歌文本而言，无论是纯粹还是芜杂，都是那样灵动高远，生趣盎然。他的诗歌审美向度是对诗歌之抒情本性的强势靠拢。这使他的诗作天然地具有动人魅力。

也可以说，抒情正是他的兴趣和自觉选择。所以连他创办的已成气候的“新石器诗歌论坛”——这是西楚为贵州诗歌的一大贡献：构建高品位的网上阵地——都冒险改名为“抒情诗论坛”，大力倡扬诗歌的抒情本性。自组诗《妩媚归途》以来，经历《枫木组歌》《妖精传》，经历《红灯记》《变形记》等对他个人乃至对贵州当下诗歌有着重大实验意义的组诗写作，他孜孜不倦地探索着当下时代里抒情的可能性及其限度。

总有这样一些人，他们天生地富有诗歌才华。但光有才华是不够的，唯有珍视自由与边缘，珍视灵魂与内心隐秘之痛，以自由与边缘对视庸常的心灵与权力话语，才能使诗歌写作保持永不枯竭的想象力和创造力。

像西楚，他几乎是本能地掌握了诗歌产生光泽的秘密。但他在此基础上将自己的诗性进一步提纯，坚持为内心的自由而写作，为对边缘的坚守而写作，为对灵魂的不懈颂扬而写作，为对诗歌的抒情本性复归而写作，并将之视为诗人之为诗人的使命。他竭力想挖掘语言表象下面内心真实的隐痛，和日常生活细节背后令人震惊的秘密，并在这种迫切的欲望下产生和还在产生《妖精传》。

以此而言，西楚实质上正进行着一场独一无二的探险。这种探险的勇气及其诗歌写作的巨大能量，使他与赵卫峰等一起，成为为贵州诗歌承担重大变革使命的前锋。他们在贵州这样一个诗歌的边缘地域，创作出了极具边缘品质的诗歌，丰富和推动了当下贵州诗歌的发展。

注：本文原载于2003年7月15日《贵州都市报》

艾丽丝的妩媚归途

梦亦非

“噢，我做了个奇怪的梦啊！”艾丽丝说。她把能记起的部分讲给姐姐听，就是你刚才读到的这些冒险经历。她讲完以后，姐姐亲吻着她说：“那当然是个奇怪的梦。不过，现在赶快吃茶点吧，要不就晚了。”爱丽丝就起身跑走，一边跑还一边不停地想着：她做了个奇怪的梦啊！

于地域写作的诗人们而言，少数民族地区的文化传统、世界观与人生观，以及那些神奇的土地，正是一个“奇怪的梦”，尤其是于进城后的诗人而言，更像一场梦。在这场梦中，什么才是艾丽丝的“妩媚归途”呢？

并不是每个人都意识到归途的重要性，更不是每个人都去寻找自己的归途，这种地域写作的滞后性在中国西部非常明显，那些出生于边远地区、少数民族文化中的诗人们，写作一直是对地域风情的复述，对山河大地的歌唱，对本民族文化的改写，与时代没有关系，与诗歌的未来不曾发生关联，这种可怕的自足性与滞后性，艾丽丝在十年前的《西部诗歌：如何穿越地域性》一文曾详细地论述过。但十年过去，仍然极少见到有人在那梦境中找到“归途”。

也许西楚例外。

艾丽丝一直认为，在70后的诗人中，西楚是最有才华的一个，他是兰波式的才子，天生就是写诗的英俊诗人，诗人分两种：一种是修炼成的后天的诗人，70后诗人绝大多数是这一类；另一种是命定会写下优美诗歌的诗人，西楚就是这一种。但后一种诗人多是昙花一现或极少创作，兰波不曾在《地狱一季》与《醉舟》有大作，西楚的作品也极为少见。但这无妨他们写下的东西的重要性。西楚现在已少为人知，但是，在提供“归途”的写作上，西楚提供了很好的范例。

西楚的写作中，最有价值的那一部分是以苗族文化为底色进行的写作，西楚是苗族，很少有少数民族诗人不写自己的民族，西楚也不例外，从他的《枫木组歌》《荡绕果或小叙事曲》等组诗中，处理的是苗族题材，是他出生的地域，是他熟悉的事物。但仅仅在这个起点上西楚与西部地域写作的诗人们相似，接下来他便已完全迥异于他们。西楚是如何在地域这个梦境中找到出口的呢？

哲思化。“冲动的神和酒后的神 / 存在本能的差别 / 吃光阴的神和打坐的神 / 是同一类神。不同的是 / 身体的神懂得不安 / 常以劳作谢天下 / 这一天众神上天欢聚 / 只有身体的神 / 被罚留在人间”。在这首《身体神》之中，我们看到分为两半的“神”，在少数民族文化中，人的生命中有不同的神，按照普通的地域写作，对各种神进行咏唱就完结，但西楚却将这种分别上升到哲思的高度。关于人的命运的思考、关于宇宙的存在的思考、关于事物的本质的思考，将它们引入诗中，是净化诗歌的一种有效方式，是从形而下的事物中敞亮存在，让诗意从真相中敞亮显现的途径之一。而这一点，恰恰是民族诗人们所缺乏的，他们的本民族视角影响了哲思对存在之物的敞亮。

现代化。“现代化是一个很土的词”，艾丽丝说，于后现代资讯社会而言，现代化意味着老土，但于民族写作而言，这是一条必经之路。在西楚的诗中，民族的元素被尽量减少，现代的元素被增加，“被拒绝的神秘的造访者，哀伤的造访者/终日在山中伐树。之前他出过一次远门/他说：火车，火车。他把一座城带回来/被人们一块一块地拆散，在相应的街道上/标注自己的姓名。他说/他已记不清大天使的降临日/这从不间断的劳动，是为了/等一只老虎在死亡之前骑着对手回来//爱上铸造的人，除了跟随父亲四方游走的小银匠/还有理老，还有乡村小学二楼上/住着的一对年轻人。他们同样痴迷/同样善于在夜晚表达自己/在表达中忘记已经染得不轻的风湿病”（《妖精传·昨日重现》）。在这两节被断章取义地抽出来的诗中，可以看到苗族文化的底蕴，但这些元素中和了民族风格之“毒”：火车、城、乡村小说、风湿病……这些现代意象被西楚举重若轻地对等上民族的元素，出来的风格便是一种“魔幻现实主义”。这成了西楚最大的特点：现代城市中的民族底色，民族文化中朝向未来的魔幻现实趋向。

但是，西楚的诗歌又不是严格意义上的魔幻现实主义文本，那是因为它以谐谑曲的方式行进，打破了城市与乡村的二元对立、古老与现实的二元对立，那些沉重的东西在它的谐谑曲中都被分解，只留下月光一样明净而透明的抒情。

几乎在西楚所有的诗中，都看不到拖泥带水的叙述或又臭又长的议论，他总是淡淡地弹奏着谐谑曲，将所有的对立的边界模糊掉，让沉重的事物长出轻盈的羽翼，使轻浮的意象获得关怀与存在的实在感。诸如这样的吟唱，“春天的时候，他做了一架木梯子/粗糙，但结实，把它搭上房顶//母亲经常从这里上去/种庄稼，摘果子和积雨云//有一天我爬上去，就再也没有下来”（《荡绕果或小叙事曲》），让你能受到轻盈的节奏与神奇想象的交织。再如，“只能给你一座阴暗的谷仓/用来收藏/被时间亵渎的身体//只能给你一个月亮/而它太轻/像你给予的爱/整年压在一堆灯草下面”。在民族写作中，极少看到这样明亮而音乐性十足的谐谑曲。

西楚的才华是那种明晃晃的，透明而快速度的，像阳光一样直接抵达，比如这样的句子，“像一瞬间钝掉的刀锋”，“他让黛帕达在午夜独自骑飞机回家”，“其实我要告诉你的是，一辆马车怎样在回家的路上散架/它碎了，它背上的水哭出沉重的声音”。这样的句子是学不来的，它需要天生的才华，聪明如艾丽丝者，好学如艾丽丝者，也学不来这样的句子。以西楚的兰波式的才华，在民族性的写作中找到一条“妩媚归途”，是轻而易举的事，所以就算西楚不再写作，他也仍然是70后诗人中重要的一个，且是最有才华的一个。

“也许你自己还没有这样的体会，”艾丽丝说，“等你有一天变成一只蛹——你肯定会这么变的，你知道吧——以后再变成一只蝴蝶，我想你会觉得有点儿奇怪，不是吗？”

我们奇怪于西楚轻易地找到他的“妩媚归途”，但他不奇怪，就如毛毛虫也不奇怪。

“一点也不奇怪。”毛毛虫说。

注：本文为梦亦非70后诗歌批评专著《艾丽丝漫游70后：返真的一代》第十章。

用苗语将城堡拆开

——西楚诗歌印象

木 朵

1

近日一直被“艺术”和“哲学”这两个调皮的家伙所缠绕，邻居亚里士多德说：“艺术是对于极其祛魅的社会总体性的返魅。现存的事实宇宙并没有把存在的一切全部包容进来。你说该怎么办？”而长舌人理查德·沃林搬出一句啰唆的话：“沉浸在艺术中，出色地解释艺术，成为越来越多野心勃勃的专家的向往。殊不知，对艺术的解释变成了在诠释作品之‘不可思议性’过程中的某一神秘的哲学锻炼。嘿嘿。”真是越听越糊涂，我只得去请教铁匠阿多诺，我欣赏他的“哲学别无选择，只得用概念去超越概念”。他弄清来意后，只说了一句话：“所有的哲学都是有罪的，而原罪是它千方百计地通过概念的手段去把握非概念的东西。”

我被吓得半死，回家时，一路反省着自己给一些诗歌文本作的分析，我在对这些艺术品的解释中，是否也偏向了一种神秘的“哲学锻炼”？是否把“非概念”的诗歌文本生硬地往“概念”上靠？在我一贯的文本分析中，是否始终对哲学的援手，抱有十分虔诚的期待？就在彷徨中，冬天来了，西楚发来了一些作品，委托我再写些评论。我和西楚的友谊始于早前对他的两个作品的一次分析。毫无疑问，我只对自己喜欢的作品进行分析，毕竟这是一次冒险，在杰作中冒险，可以把自己从哲学的废纸篓里搭救出来。

西楚生活在贵州，是苗族人，在他的作品中，有一种明显的“贵州制造”的手工艺气息，一种从“南方魔瓶”中缓缓流淌的抒情气质。我没有到过贵州，那里神奇的山水、纷纭复杂的民族风俗和古老传说，都成为一种诗歌叙述的土壤，成为一种坚定的语境。现在，我要顺着西楚的文字，去都柳江，去贵新高速公路，去听苗族长老的话音。旅行回来后，我再与邻居亚里士多德去理论一翻，告诉他发生在路上的传奇。

2

只能给你一座阴暗的谷仓
用来收藏
被时间亵渎的身体

只能给你一个月亮
而它太轻
像你给予的爱
整年压在一堆灯草下面

读《枫木组歌》，我就回到了南方，彻底的南方，不拘一格的章节格式，语句长短不一，那些纯粹乡间的景象，那在瓦砾上所浮现的光芒，都令人内心宁静，有家的归属感。全诗分为九首，让我看见了初夏的西楚，在一个小镇上采摘露水和月色，当第一个句子像泉水涌出时，他意识到："突然间好像找到了什么东西，或者说多年来的迷茫，在这个夜晚明晰了。但我又感觉到被排斥，被拒绝，不是词语，而是一种无形的力。但我又觉得非如此不可，必须进入其中——面对一种博大和深邃，我感觉到语言的卑微。"

由于它们来得如此突然，而作者尚没有准备足够的形式，诗歌就随着诗人的情绪一波三折，往可能遇见的未知元素靠近，"枫木"漂浮在凌晨的光耀中，万物开始演化，而诗人不在，诗人是安宁的。他熟悉的词语，就像再熟悉不过的"牙果"一样，如此亲近，可以完成足够饱满的叙述。苗语里的火光，踱步来到汉语的桌子上，诗人捕捉着眼前急速飞扬的一切，每一个幽灵都是"不可再生的"。从偶然的写，到诉说的欲望得以缓解，再到欲望爬上屋顶，诗人越战越勇，"枫木"所牵涉的景象，笔墨里飞翔的光阴，母爱和兆头，小兽和灯盏，这一切竟然如影随形，一生二，二生三，三生万物。想象力是如此惊奇！

显然，头两首是一种急不可待的诉求愿望，从一个偶然燃起火花，也和作者觉得有必要写写了的心态有关。"镰刀"和"蜘蛛"是视觉中的两个生长物，它们结伴催发叙述的种子。所以，这两首写得实在和凝练，第一首的调子影响着全篇。往下发展，诗人就进入了虚无中，恍若隔世。第三首有点玄妙，比如"飞翔的喉被一段词带走"和"这些不相信大地的人”，现实的枫木与虚幻中的枫木交织在一起，诗人像作茧的蚕，要开始变作蛹，突破，突破。第四首妙手回春，轻灵，南方气质，两个“只能给你……”让世界获得了安宁。

第五首像最干净的露珠，通过“牙果”的叹息，来察看枫木林的秘密。接下来的两首，引出了对“火塘”和“瓦片”这种家居色彩明显的场景，而“父亲们”和“带回母亲”的笔墨回转，也就顺理成章了。西楚走着走着，通过熟悉的词语和符号又回来了，回到苗语中，像篝火边的一只机灵的狐狸。在这两首中，我隐约读出了枫木的“父性”和“母性”，妙不可言。这时，我猜测西楚会怎么发展呢？第八首推出有多重功能的“牙果”挽回叙述的尖锋，让本来已经高亢的、极端的抒情“软着陆”：

我们看见牙果
深坐在阴暗的傍晚
坚持数数。

第九首收得多快！而且充满了隐喻，往往诗人的“不言”，会成为读者反复揣测的“自明”。“被砍掉的枫木成为母亲”，这是凌晨的小树林赐予诗人的一种思想。我有时会想，有无更好的结尾方式？可是，我要相信哲学家，“存在的就是合理的”，甚至是最合理的；因为当我想象某种结尾时，西楚的这个结尾立在脑海里，横躺着，“拦在路中”，看来，我先要有一只蝴蝶，一只充满形而上意味的蝴蝶，放走它，我才和西楚结伴而行。

3

梦想，甲板上积起的盐
从此变得真实，从此远道而来的黛帕达
要忍受幸福的煎熬，以及幸福掀起的波浪
没日没夜地拍打。她年轻
她曾不可救药地爱上旅行，而没有岸
她要与这朝云暮雨的海上孤城相守终身

我曾经在一篇文章中单独评论过《遥望黔南的孤独》和《大海之上或与黛帕达同行》，那时，就被西楚严格的“六行一节”的格式所吸引。一个诗人总是逐渐形成自己的格式、语境和意象群，后来熟悉的人就找到了一种所谓的风格，给诗人戴上一顶独特的花冠。西楚在这种久加操持的格式中，可谓顺风顺水，一些记事说理的片段放在这种格式里，可以消除它们的唐突感和毛糙；而且他在过渡词“而”的使用上，也是熟练无比。

不同的瓶子放不同的液体，看来西楚找到了令自己安心的表述格式了，那么，他的表达效果如何？格式运用的稳定性如何？这是我试图窥探的秘密。写作一开始，习惯的格式就等在那里，既要调遣标点，又要注意拉开句距，还要考虑每行字数的匀称，有时难免“凑数”，有时又不够用，这真是有趣的事情。西楚可以写得更加细腻了，可以把“牙果”替换为“晚报”这样的有时代气息的词语，这是格式的需要，也是作为生活在都市的西楚的愿望。由此，我看不到《枫木组歌》中的西楚了，在《房子在夏天缓缓移动》中，我看见西楚的十分之一，加上其他的主体性，变成另一个西楚了。

而《养蜂人放逐他的爱情》介于两个西楚之间，好像是朝向类似《枫木组歌》的写作手法的匆匆一瞥。也算是一种宝贵的积累，一种“盐”。《在你的经历中生活》希望展开有效的对话，用活“引号”，也是对“六行一节”格式的探索；“言语的水漂”能否造就新的叙述规则呢？从写作时间上看，《复述：商烙的一次旅行》和《在你的经历中生活》是挨着的，所以笔法相近，但是“复述一次旅行”是一个新鲜的表达技巧，西楚在以后的写作中经常受益。

《她带回大海的耳朵》将时针拉到2002年，和上面的几个作品紧密衔接起来，生活中的遭遇以及成长在脸上的痕迹，终于给他送来了“车过独山想起梦亦非”的情怀（怀旧无疑是一种古老的元素）和具有可与牙果媲美的符号“黛帕达”。你看《黛帕达在途中》，为了符合“六行一节”的格式要求，西楚可谓“斤斤计较”，虽然有凑数之嫌，但是在节奏感上有所改善，关键的是“黛帕达”的来到。这是苗语的又一次显形。

4

没有人再托付年迈的邮差捎来口信
没有人来参加这场葬礼，这过程中
黛帕达一言不发，她严实的衣襟捂着的小小城堡
没有人再能打开，没有人再能抵达……

写《妖精传》是顺理成章的事情，一方面，西楚深知“一年中得有一天停下来检修自己的身体”，他知道黛帕达作为符号，正在跳出符号，想让自己变得无比清晰，从而住进神秘的城堡中去。另一方面，西楚有必要检讨自己的格式，在“否定之否定”的螺旋形上升中，一次一次蜕变。“格鲁格桑”是苗语中一个城堡，是地图上刺目的圆点，由于黛帕达是浮动的，是难以迁就诗人的，所以，这个圆点，这个虚幻的城堡，无法准确地标示出来，还只能在苗语中沉浮。

《妖精传》无疑是充满神秘的，西楚的原有格式破坏了，杂乱中建立另一种秩序，生活中的巨变比格式所携带的理性来得更加迅猛，放弃“六行一节”的格式，至少有两个愿望：一是主题的需要，情绪来得太快，黛帕达给诗人的生活带来了两个象限，一个是第一象限，正数，光明，生；一个是第三象限，负数，夜晚，死。二是新格式的需要，尽管它比主题的需要更次。一起来看，到第三首，他习惯性地靠近“六行一节”的表达格式，遭到抵抗。在第四首，他借“四行一节”的整齐格式完成叙述，而此时，他正处于第三象限。

谈格式是一个角度而已，依靠诗歌中流露的场景和信息，去摸索主题，仿佛更有趣，也更有冒险家精神。尽管西楚使用了“格鲁格桑”这个城堡和“理老”这个苗族中有威望的长者，但是另一股力量在不断消解它们：“宝山路”“外环路”“陕西路”“延安路”，这种透露着具体的现实生活的词语，显示了诗人多么巨大的心理落差，黛帕达像一只能干的手，拨乱了诗人的生物钟。

这恰好应了作者的引言“这飞翔让人疲惫”。如果说《序诗》是一双眼睛的话，那么，《昨日重现》则是从往事中寻找信心，而且我们要特别注意第一句，因为它和第三首所说的“造访”有呼应，是伏笔。我喜欢这一首，黑暗中的深情：

被拒绝的神秘的造访者，哀伤的造访者
终日在山中伐树。之前他出过一次远门
他说：火车，火车。他把一座城带回来
被人们一块一块地拆散，在相应的街道上
标注自己的姓名。他说
他已记不清大天使的降临日
这从不间断的劳动，是为了
等一只老虎在死亡之前骑着对手回来

西楚的笔墨一落在“昨日”，就清澈无比，充满神奇。他带回一座城堡，被人们拆散；这是一个悬念，是隐喻，它和最后一首的最后一节遥相呼应，美好的城堡成为了“消耗激情的园子”。至此，我开始猜想作者和黛帕达之间是否发生了事件。读到下面的句子时，我又觉得另有他人：

他追逐爱情，被爱情毁掉所有的积蓄
他下半生委身于双眼红肿的女阴谋家

“牵着马，在延安路上一直走到天亮”的会是谁？女阴谋家会是黛帕达吗？有趣，有趣。“妖精”是指一个人，一个事件，还是一次肉体的盘升和修炼过程？这个组诗还是相对短小的，他离西楚最近，有具体的生活，就发生在窗边，就在一个站台上，就在一堆旧信里；善于用“而”字的西楚，用生活中的艰难飞翔，换得了诗歌中的展翅飞翔，已然算是好兆头。一开始，城堡是细致和封闭的，小鸟依人的，是最大的馈赠，在自己没有得到城堡的呼唤前，可以目睹别人拆拆洗洗他们的城堡；后来，自己仿佛得到了半个城堡，甚至都有了向往的脚步，可是到最后，最快的马也无法挽回，只好在钟声中，在无比热爱的苗语中，将半个城堡拆开，瓦片飞扬的日子，自己搬到新建的都市里去。

5

快写完这篇文章的时候，邻居亚里士多德家里来了两位客人，一个是托马斯·内格尔，写《无源之见》的手，一个是大名鼎鼎的德里达。两个人正在较劲呢，老亚没办法，找我劝架。托马斯说：“哲学是智者的童年，试图把哲学清除掉的文化将永远也不会长大。”德里达说：“我没必要跟你争，我只说两句话：一，文本之外别无他物；二，解构总是深深地关注着语言的‘他者’。”我听了很茫然，“哲学”和“艺术”这两个纠缠不休的家伙又出现了，像鬼魅一样。虽然我不便在老亚的客厅里发表看法，但是和西楚同伴而行了一次，让我万分宽慰，我知道，自己的判断不是依赖于一个概念，只能是沉浸，忘我地沉浸，比如沉浸在都柳江，比如沉浸在西楚真切的“格鲁格桑”里，毕竟，那些拆散的瓦片在另一个地方垒成了新的城堡。

吹　拂

——对西楚《妖精传》的一次历险

木　朵

1

今天收到冬游的来信，她谈了苗族的一些常识，对于更恰当地把握西楚作品中的精神态度，是很有帮助的。我从未去过贵州，身边也没有少数民族的朋友，所以“苗族”“藏族”与“维吾尔族”对于我来说，好像一样，其中的分别，只能朦胧地依靠一些间接体验、地理和道听途说来认识。冬游在信中提到苗族“是一个命运非常多舛的民族”，并且说到“1965年出生在重庆酉阳农村的冉云飞，在18岁考上四川大学中文系之前从未见到过电灯”，接着谈到了西楚，《妖精传》的主人，他在两种语言中挣扎，“回归”成为一种良心的捶打。这些信息让我心惊肉跳，我必须检讨自己在上一次对西楚《妖精传》分析中的偏差。

所以说，每一次写评论，都是冒险，都是学习。我记得在《诠释与过度诠释》这本论文集中，作者之一罗蒂告诫过做评论的人：“必须遗忘诸如实在与表象、心灵与肉体、理性与感性、符号与非符号这样的二元对立，不要期待批评会发现什么本质、深层含义或者永恒的主题；批评应尽快回到光滑的表层，自由自在地欣赏邂逅的一切。”缺乏对文本书写背景以及作者创作意图的了解，而展开批评，这是大胆的举措；瞎子摸象，一番折腾，还是能够得到各种体会的。显然，罗蒂所言只是众多理论中的一个，发现“作者之死”的巴尔特另有话说。写到这里，我的内心得到了宽慰，可以对《妖精传》进行分析了。

2

西楚从苗寨走向有电灯的贵阳，这不只是以公里计的路程，而是从一种语言走向另一种语言，从少数走向多数，从鬼魅走向“祛魅”。就创作自身来说，这是他人难以得到的机缘，是一种丰富的表达元素。然而，苗寨的传奇，土地和酒的呼唤，让苗语的儿子不断地探索回归的途径。当西楚在汉语的表达中愈加得力时，一种来自母语的反作用力愈加强劲，在这种对峙中，诗人不但是在用文字和技巧写作，而且是用良心和母语的光辉写作，随着年龄增加，后者的力量变得更加明显。

谈苗族古代史，首先要提到的就是蚩尤。蚩尤与炎黄二帝并列，称“中华三祖”。川南地区苗族传说，远古时苗族的首领名叫蚩尤，同黄帝本是兄弟，后因黄帝错怪蚩尤偷吃了“龙心”，双方发生战争。蚩尤先胜后败，被黄帝杀害。蚩尤手下的大将夸佛带领苗民由北向南转移。途中夸佛又被黄帝大兵用箭射死。夸佛身边的壮士被推举为

“路师”，在埋葬蚩尤、夸佛的地方，吹芦笙、敲战鼓、吹牛角，祭奠和超度死者。然后又继续迁徙。蚩尤兵败，是否成为苗族发展史上挥之不去的阴霾？这是史学家不断探询的问题。苗族经济的发展渐渐落后，又是什么造成的？苗语的文化猜想，先让我想起沈从文，后让我想到屈原，“南方诗歌”这个地域性的概念也就合乎情理了。文化的积淀是否会成为后来者的心理负担？归程在哪里？回归有无必要？

我只浅略知道去苗寨要喝三碗酒的，而且苗族对于芦笙是格外看重的；吹芦笙是苗族始祖姜央“兴”起来的，它是苗家的命根子。不管你走到哪里，只要听到芦笙响，就知道有苗家人。我还可以想到这样一些词，它们与我即将要分析的《妖精传》有某种隐秘的关联：图腾，苗巫，苗傩，迁徙，枫木与蝴蝶等等。还有西楚作品中出现的一些词语：牙果，理老，黛帕达，格鲁格桑以及他的出生地荡绕果，它们通过汉语表述出来，可能就会遗失最饱满的含义和情趣。西楚也疑惑，这些词语出现在句子里，是否会给读者带来阅读的阻力？是否只好意译而非音译？我的看法是：不必担心读者，就像乔伊斯写《尤利西斯》时不在意读者一样，重要的是准确表达作为诗人的内心感受。当苗语，作为母语的语言，和作为写作语言和工作工具的汉语逐渐形成一种稳定的关系时，西楚就真正体会到“脚踩两只船”的巨大乐趣。

3

《妖精传》分为五首，初读时，我往西楚的个人情感上的变故方向考虑，没有太多注意他陷入的母语和汉语交织的巨网。和他的其他作品明显不同：一，章节格式变得混乱了，远离了他熟悉的“六行一节”；二，语境在都市和苗寨同时展开。我在第一次分析中，更多的是注意章节格式，以及作为个体的西楚如何处理一个情感事件。现在，有了对苗族的了解，对于西楚飞翔的“疲惫”似乎有了更多的认识。在诗歌中，西楚先后使用了特指此岸的地点名词：“宝山路”“外环路”“陕西路”“延安路”。通过在这些地点上的视角，来观察自我内心的承受力，结果是可怕的，无论在哪里，无论在汉语的哪一条路上，西楚都无法躲开母语轻盈的呼唤。

有了这种线索，从一开始的《序诗》，我就读到了一种“比较”带来的困惑。“异乡人”“记忆”“冰凉的世纪在隐退”结为同伙，共同预谋一次“乡愁”：

每一个行色匆匆的陌生人
他们有的回家
有的要到更远的地方去

“回家”成为一种铁，冰冷而坚定。第二首叫《昨日重现》，承袭着一种场景和时空的对比。读到“火车，火车”时，我意识到可怕的事物来了，就像上文提到的“电灯”一样，在山中伐树的人，想必是第一次见到那像蟒蛇一样的怪物；生活的秩序由此打乱，当你知晓山寨之外还有一个世界时，那个世界就成为你将拥有的世界的一部分，此前，你必须反复地消化它，改变你的胃，疏通你的肠。从“爱上铸造的人”到“瞳孔硕大的母亲”，西楚倾注了无比的迷恋，对故土乡俗，对那个此岸看虚假在彼岸又无比真切的世界怀着一种眷顾，也堆积着一些疑惑。

我一直想打通第二首的“造访”与第三首“黛帕达的造访”的关联。在第三首，含蓄地透露了西楚在此岸的生活，在都市的生活片段，“一年中得有一天停下来检修自己的身体”，消除“内心脆弱的恶魔”。格鲁格桑，这座母语城堡，会在都市生活中的空隙，越养越结实，巨大无比，好像随时会顶破生活的表皮。我又听到敏感者的内心：

在所有的晚宴中，将沿袭一贯的灰色礼服
餐刀失去自己的光泽
照不亮黛帕达，和她充满传奇的一生

事实上，黛帕达是始终存在的，不会因为晚宴和餐刀（《序诗》中餐刀作为一个喻体出现了一次）而改变，因为她和苗语已经长在骨骼中。

4

《我之书》和《死之书》放在一块来读很有趣，前者显示了一种良知，后者让人看到一个信念坚强的西楚，一个经历“否定之否定”的西楚。这和我昨晚读到的《克尔凯戈尔日记选》里的一段话有某种神似：“我刚从一个晚会上回来，我是这个晚会的台柱和中心人物；我妙语连珠，令每一个人都开怀大笑，都喜欢上我，对我赞赏不已——

但我还是抽身离去，其实这个破折号应像地球轨道运行的半径一样长——我想开枪打死自己。”1836 年的克尔凯戈尔就意识到生活的尴尬，内心之海是多么的壮阔！

“陕西路”在这里意味着此岸的哪种属性？“外乡人”在得到欢乐的同时是否遗失了某种责任、某种感受力？

得到欢乐的外乡人，无法理解
在城市的背面，他们担负着另外的经营
比如爱，比如青春游戏

这是个谜团。西楚意识到自己的“高空行走无人察觉”，“南明河的水声”渐渐远去，眼前剩余的 11 月与 12 月的交锋，变得毫无意义（和《序诗》中的 10 月与 11 月的关联有种相似性）。西楚指着马路上的那个影子，那闪亮墙壁上的镜像，说：“这就是我，我！”“我”的丰藏一旦被剥夺，“死”就指日可待了。所谓“哀莫过于心死”。

而读到《死之书》的“早些年北平来的先生”，我竟然觉得是指沈从文先生。但是扩展到“双眼红肿的女阴谋家”，我就无所适从了，早前，我以为这会是西楚个人生活的某种细节，现在却不敢揣测了。彼岸不需要等待，要它，它就来到：

而遥远的荡绕果，依然有舞蹈
和一日接一日的颂唱，依然有上古的生灵
坚守着那一点点稀薄的阳光。尽管它被一次次
穿越，一次次被风远远吹送

这是苗寨，这是故乡，这是“妩媚归途”；它被什么“一次次穿越”？而风吹送来，吹送去的荡绕果呀，那是诗人最大的抒情面积，是叙述的来源！西楚似乎隐约察觉到一种前所未有的力量正在为苗寨举行葬礼，苗寨中的图腾，枫木生出的蝴蝶，是否正在湮灭？如果孤独只发生在此岸，我还有彼岸；如果彼岸，那虚幻中的苗寨也让诗人感到孤独，那多么可怕！归途就消失了，“没有人再能打开，没有人再能抵达”。

5

28岁的谢灵运在庐山拜见了慧远，自此，他写出了很多精妙的佛理诗歌，如《维摩经十譬赞》，写水沫、火光，形影、音响、浮云、闪电等。其中一首如下：

水性本无泡，
激流遂聚沫。
即异成貌状，
消散归虚壑。

西楚的血统里本身就有苗语的气质，比谢灵运可谓幸运多了，从一个创作者的角度来说，写《妖精传》的西楚比上庐山拜佛的谢灵运还年轻，作为他的朋友，我丝毫不怀疑他破茧而出的能力，用苗语思维，用汉语写作，一旦搭配协调，不啻为一件再好不过的事情。西楚自己说道：

“其实这里妖精是一个很不确切的概念，之所以用它，或许它恰好状如游离于现实与幻想中的我吧。这首诗，或许提前记录了（或者就是）这个这样的人的一生！”“或许”是一个可以挽救的词语，是消极和积极的二元对立，就像谢灵运诗中所言：即异成貌状，消散归虚壑。万物化为虚无，亦真亦幻，亦苗亦汉；妖精是一个美好的状态，“一心向佛，必成正果”！让我以西楚的《枫木组歌》中的一首诗作为“电灯”和“火车”来照耀，来输送西楚，并且祝福他在此岸彼岸间飞翔自如吧：

像秋天的果子纷纷坠地
这微小的亮次第打开
我们看见牙果
深坐在阴暗的傍晚
坚持数数

她不出声，她包容着
怀中的灯盏。那让人留恋的
一片旷地，其间生长的铁
和深夜潜入其中的人群一模一样
渐渐老了

直到老了，没有人知道
数术中的灯盏
已经安睡
而大风吹送不息

荡绕果，荡绕果

——读西楚的《荡绕果或小叙事曲》

亚　瑟

第一眼读到西楚的诗歌《荡绕果或小叙事曲》时，这荡绕果生生馋了我好几分钟，不知道是什么仙果，让人垂涎欲滴的。诗歌读完了，求证于西楚。荡绕果非是不能吃简直离吃远了去了。原来荡绕果是黔东松桃县北部的一个苗寨，西楚和他的诗歌就出生在那里。在《妖精传》《奇婚记》里曾反复出现过这个代表了他诗歌发生地的重要词语，连同他的牙果、理老、黛帕达、格鲁格桑等等一起构成了他独特味道的异族气质和乡土情结。正如他自己所说的："想到故乡就只会出现'荡绕果'。"这是一个人在距离之外对故乡不可转移的情感定式，而西楚的荡绕果是那么丰富和细致，以至于他只要一想起，过去所经历的事情就一桩一件地去而往返。斯蒂温·W.霍金在《时间简史》中曾这样发问："我们所记得的为什么是过去，而不是将来？"也许，在很大意义上，写作就是通过寻找一种语言来表达过去，每一次文字的吐哺就是对过去深刻地指认，直到我们消失，留下完整的过去。而对于写作者本人，经过记忆的筛孔，留下来最大的颗粒就是有关于个人成长的记忆，一切的后来都由此渐生出枝蔓而繁茂起来。因此不难理解，为什么在西楚的大部分诗歌里，对出生地荡绕果的缅怀与追忆几乎成了西楚诗歌源源不断的精神动力和诗歌材料的集散地。这首《荡绕果》无疑是西楚对喧闹城市生活的又一次游离出走，精神和情感对故乡的又一次回归。我几乎可以想象他在写这首诗歌时那种遥远的眼神，写完后那种恍惚而空洞的表情……

这首诗没有西楚诗歌一以贯之的神秘、奇峻、鬼魅的气氛，没有巧思精置的诗歌情节，没有繁复瑰丽的意象，没有丰富多变的语言，它普通。诗人猎取的生活情节非常简单，比如父亲做木头梯子、母亲在河边洗手等，仿佛是对所有寨乡人生活情节的简单复制；他没有传统乡土抒情诗浓烈的深情抒怀，只是直接记录和再现了朴素生活的几个画面，但诗歌的效果却立竿见影。西楚一改原来梦幻般的叙述方式，舍弃了对繁复意象和意义的考究，平静地叙述语出天然，我却被这种朴素击倒了。这组诗带给我极大的惊喜，和以前读西楚的诗歌不同。这首诗个性表现得很隐蔽，内心炙热的情感表面看上去节制冷静，叙述平稳，整体读下来流畅、从容、自然、清晰。特别是极其生活化的语言，既不松垮，也不干涩。我想诗歌语言最高境界的追求也不过如此吧。

这首《荡绕果》一目了然。阅读中没有雾里看花，也不用过甚其词，只要用心去读就够了。诗歌中弥漫着朴素动人的亲情，让人感同身受。朴素语言的张力空间，让人深陷其中。

从郊区回来，我遇到建设者们
在谈论一个花园小区的若干构造方法
我取得其中一种，将其告诉父亲
当时他在家里，对着椿树林
比比划划，立秋对他来说
太重要了，他要乘水分还没散尽前
把木头全部搬回家

“从郊区回来”，既是时间上的确定也是诗歌发生地点的导入，视觉上从城市转移。作者见到了父亲，并将自己在路上打听来的关于房屋建筑的方法告诉了父亲。诗歌一出场，极其自然地引出了父亲，并极隐藏地交代了父亲是个善于木匠活儿的手艺人。而父亲是怎样的一个人呢？作者在此没有满足读者对父亲信息的好奇，而是轻轻一跃。对父亲的描写，既没有那种传统由外表、眼神、表情、背影、性格等等由外而内构成的逻辑清晰的勾勒方法，也几乎没有任何企图将人物某一方面作放大突出的处理方法，更没有添加任何浓墨与重彩的比喻与暗示，只用了一个写实的场景来呈现父亲：“当时他在家里，对着椿树林／比比划划”，短短两行，读者虽然看不到局部面貌的父亲，但是一个平凡、普通却饱满的父亲形象已经跃然纸上。一个普通人，他几乎没有可以放大和特写的地方。“比比划划”是一个繁忙的动作，和我阅读中那些沉默而木讷的父亲不同，这是一个积极的动作，忙碌、满足、安命。随后“立秋”这个材料选得非常好，进一步确定了时间，并为读者提供了一个可供想象的背景平台。众所周知，在农村，立秋以后，繁忙的收获季节就要到来。而父亲此时最大的一个愿望就是赶在“水分还没散尽前/把木头全部搬回家”。“搬回家”，是一个具有非常温暖指向的情感动词。它让我联想到把食物往自家窠臼搬的一趟一趟飞去飞回的鸟儿，又或者把粮食搬回洞的忙碌的蚂蚁。它甚至让我想起窠臼里的雏鸟或蚁洞深处的母蚁。此时我很想好奇地知道，这是个怎样的家？家，让一个男人牵挂和负重，足以让人对父亲印象深刻了。而读到这里，我似乎还隐约感到了叙述者与父亲之间那种纤细入微的理解与挂念。这样的亲情描写，简单、直接、平等，毫无矫情却感人至深。

至于天黑，他并不惊慌
不像我们，必须掌灯，看奥运会
喝啤酒，喝彩或者垂头丧气
他摸黑走路，边吃饭边和人讲道理
他四十九岁，是个年轻的老人

读者刚刚获得关于父亲的良好印象，诗歌又出现了跳跃。“至于天黑，他并不惊慌”。“天黑”，既有本义上一天结束的意思，也有引申意义上的人之将暮。而父亲的不惊慌，表现为一种对生活和岁月从容而坦然的姿态。接着诗人笔锋一转，和父亲从容坦然的心态不同。我们必须做很多事情，“必须”两个字划得很重很刺眼，既有着不得不的被动意思，也有着主动浮躁与堕落的意思。“看奥运会、喝啤酒，喝彩或者垂头丧气”，一下子把叙述的思绪从乡下拉练回城市，作者这一趟拉练的潜台词是，城市生活有着区别于乡村的丰富内容，而我们却惊慌着、浮躁着，失却了内心的平静与安然。

在短暂的感叹后，思路再次回到父亲。“他摸黑走路，边吃饭边和人讲道理/他四十九岁，是个年轻的老人”这是一段承上启下的衔接段落，接着“至于天黑，他并不惊慌”进一步主诉父亲的本分与知命。

春天的时候，他做了一架木梯子
粗糙，但结实，把它搭上房顶
母亲经常从这里上去，种庄稼，摘熟果子
摘星星，月亮，还有积雨云
有一天我爬上去，就再也没有下来

这一段作者对父亲的描述进一步丰满。“春天的时候，他做了一架木梯子”，既对应了前面交代的父亲是个木匠，又将父亲的形象具象化为一架木梯子：粗糙，但结实。更像是对一个父亲的形容词。至此一个有血有肉的父亲形象已经在读者心中挥之不去。可贵的是，诗歌的句子足具弹性，在这种细腻的描写后为诗歌打开的是一个异常宽阔的空间，诗人并没有满足于单纯的父亲描写，由一架木梯子极其自然地引出了另一个更为温暖的人物——母亲。诗歌并没有着墨于母亲形象的具体描写，而是借这架梯子，将一个母亲勤劳、持家的本分再现出来：“母亲经常从这里上去，种庄稼，摘熟果子”。紧接着不着痕迹地将母爱升华，这里“摘星星，月亮，还有积雨云”，显然是一个并不华丽反而略显老套的比拟，但恰好打动人心。每个人童年的时候都有过要母亲为自己摘月亮摘星星的童心稚念，而只有母亲，只有母爱可以毫不犹豫地说：“你要星星我都摘给你，你要月亮我也摘给你。”事实上，一个母亲操劳的一生，她奉献给家庭和儿女的又岂是月亮星星能比？

接下来的转接简直漂亮极了。“有一天我爬上去，就再也没有下来”。这是一句波澜不惊而底下暗潮涌动的句子，仍然是借用父亲做的梯子，母亲用它做活，而我用它爬到了高处。这一句暗藏了隐喻。使“梯子”有了更深刻的含义。或许我可以这样解读，正是父亲母亲用勤劳搭起的物质与爱的“梯子”，将作者送到了荡绕果之外的城市。“再也没有回去”，既有对父母的感激之情，又有对故乡亲人的思念，又或者还有对他们的歉疚？整个分行张力十足，句子表面冷峻而内里富饶。非常漂亮！

我前面的小河，水浅
不时发生弯曲，父亲一脚跨两岸
水生物，一闪而过
都来不及打招呼
和熟悉的陌生人一样
每天从门前经过
他们要去哪里，没人知道

在情感抒发的一次吐出以后，诗人自觉地内缩又恢复到冷峻的表面，视角从回忆拉回眼前。“我前面的小河，水浅 / 不时发生弯曲”，小河“不时发生弯曲”，是对小河蜿蜒流淌的状态的一次还原。我仿佛看见作者将目光投向了水天交接的遥远处，心境跟着空蒙起来。眼前这条小河流淌多少年了，依然如故。这让我想起人们习惯用河流表示时间流逝的比喻。时间若流水，东去不复归的沧桑感在诗中不动声色地浸染人。西楚将抒情隐于无形的笔法，果真高明。诗人没有继续过多的感叹，而是回到细节。“父亲一脚跨两岸 / 水生物，一闪而过 / 都来不及打招呼”，父亲忙碌的身影出现在诗人眼中。和河流无以返回的性质一样，顺流而下的水生物，门前经过的陌生人，都各自旅行、各自安命。语境一下子开阔起来。

> 母亲每天也要到河边走走
> 弯下腰洗手，然后抬头看我们
> 会不会偶尔从天上飞过，嘴里念着一个词
> “贵阳”

继续惯性地搜索。母亲每日农事之后，走一段杂草的石阶和一条田间小路来到河边，或浣衣或洗手，偶尔会直起腰抬起头，看看天色，看天空中有没有飞机从头顶划过，这似乎已经成了母亲的习惯，她希望某一架飞机上正载着他的儿子，离她越来越近……母亲对儿子的想念，永远心事未了。想到儿子，自然而然地想到儿子所在的城市，因此，经常听见她嘴里念叨“贵阳”两个字，像是在喊，又像是自言自语。这一段情绪来得真实自然，我非常能理解。记得当初我北上北京求学，母亲每天七点半都要准时关心北京的天气预报，再后来我迁移到别的城市，她就特别关注

那个城市的天气预报……母爱，是多么琐碎和细致啊。若没有十分的细腻，又怎能写出这样感人至深的细节呢。再一次领略诗人细腻、敏感的内心。

遇上下雨天气，照旧要出门
他们从青草底下走，身子冷，心里热

结尾段只有两行，结束很有力，读完后心里热乎乎的。无论遭遇什么天气，一切都要照旧。城市的喧闹每天照旧发生，荡绕果里的单调生活也照旧每天进行。诗人照旧流泪思亲，乡村的父母照旧早起、劳作，而那种水乳交融的亲情刻在读者心里了。

此诗并非无懈可击，结构上略有松散、单调，头尾略有失重感。母亲在河边一节或许因为受到内在情绪的控制，没能将冷静与克制一贯彻底，“贵阳”一词的出现，虽然是内心真实自然的流露，但是因为这里流露的情感能量过大，没能按捺住。在庞大的叙述空间里，如果能将动态的现实杂叙其中，读者阅读的快感将会大增。而我看到其实西楚在第二节曾经有过这样的企图，但是只一露头就消失了，是为遗憾。我想如果不是单纯以怀乡思亲动人，这首诗将具有更大的阅读价值。当然就一首思亲之作而言，已经非常不错了。因此，它不失为一首好诗，特别是语言的平实与细节的丰富，使全诗肌理丰满，直述的主题，使我的苛求显得多余。

对这首诗的解读似乎可以进入结尾了。我想到另一个问题：作者对往事的又一次劫洗和掏空，对荡绕果不厌其烦的指认与回归，让我心生警觉。因为除了这首，近几年来西楚写了很多有关苗族乡土的诗歌，虽然对比这首，其他的作品带着明显的异族气质，诗歌营造在浓重的神秘、梦幻的色彩之中。而一直以来一个疑结在我心中始终不能释开，那就是，我隐约感到西楚一次又一次在诗歌中“返乡”，有着文字表面不能力释的原因。或许和众多少数民族的诗人作家一样，生活在和本民族文化隔离的城市之中，有着某种身份缺失的困惑？纠缠至深而不得不透过文字来反复指认？所以，我希望在一个合理的、可透视的层面上来解读西楚。这个意思，此文已不能负载，我将另做文章。

2004 年 8 月 29 日

我只有讲述它才能得到安慰

——西楚访谈

张野　西楚

张（张野）：十多年前我们认识时的情景到现在我还记忆犹新。当时我正在宿舍里阅读，一个陌生人闯进门来，张口叫出我的名字，这让我非常惊讶：这种交往方式在我看来是不可思议的，内心的犹疑让我在和这个世界相处时常常采取一种过分慎重的态度。但在后来的相处中，我感觉你其实并不是一个特别容易向这个世界敞开自己的人。在多数聚会的时候，你都保持着旁观或倾听的姿势，甚至你几乎不写批评性文字表达你的诗学理念，这让我感到疑惑：你敞开自己的时候仅仅是为了诗？诗歌在你和世界之间的关系中起到一种什么作用，或者说扮演了什么样的角色？

西（西楚）：没想到你还记得这件往事。那时我刚刚从家乡来省城上大学，冲动的少年情怀和基于诗歌的内心的孤独感让我迫切地寻找精神的同伴，仅仅因为之前在《诗歌报》月刊的某个角落看到你的名字，让我获得一个欣慰的信息——纸上的人其实活在我可触及的现实之中。在大学毕业之前，我的内心只为诗歌而敞开。可以说，在那一个时代，诗歌成为我对外交往的重要途径。目前我在从事互联网行业，最近的一次聊天中，我和朋友谈到当年对一个人的评判标准就是“诗歌写得好不好”，不禁哑然失笑——和国产黑白影片的脸谱化一样，单纯得可爱。当然，这也说明了两个问题，一是在特定范围内，诗歌可以消除每一个爱诗者之间的距离感，再有就是诗歌确实是一个可能的通道，它连接了个体和世界，尽管，它可能是一个窄带。

张：问个俗套的问题：你什么时候开始诗歌写作的？最初的动因是什么？在你的写作过程中，有哪些诗人和作品对自己有比较大的影响？

西：这让我想说一个一直感到惭愧的事：我是上了大学后，才知道灰姑娘、米老鼠、机器猫这类东西。因为我出生在封闭、边缘的苗乡，没有书面文学和外界文明的启蒙，是在口口相传的民族民间文学的环境中长大的，很小的时候，我就有用文字将民族文学中那瑰丽的世界表达出来的欲望，而后来真正让我开始写作的催化者说来让你意外，他们是金庸、古龙和汪国真。读了金、古的武侠小说，我想通过这种形式去表达我的幻想，而遭遇汪国真后，我才找到了最适合自己的表达方式——诗歌。后来从高中老师那里借到的一本《灯芯绒幸福的舞蹈——后朦胧诗选》，这些诗人的作品对我构成了第一次文本意义上的影响。而海子（主要是抒情诗）、西川、欧阳江河等第三代诗人，马尔克斯、余华的小说，在我的诗歌写作成长期中，成为影响我的一个复合星系。

张： 有个问题一直没和你聊过——在大学时你与外界诗人好像有较为广泛的联系，这使你较早就和一般的所谓“校园诗人”拉开了距离，体现出较高的对诗歌品位的追求和宽广的视野。你还联合友人创办了一份《诗报》，大学毕业后你又创办了“新石器诗歌论坛”，参与组织诗会等，这些活动是你对诗歌的纯粹激情使然还是把活动作为寻找诗学交流的一种方式？阅读经验对你的创作有无影响？

西： 对外界信息的获取和对接我从来都是积极的，无论是直接或间接。你说到的“校园诗人”让我想到另一个词：“贵州诗人”。“校园”首先是空间概念，但更是一个成长期所必须经历的时间概念，“贵州”则是一个具体存在的地域概念，这两者都是不可避免但又是不准确的。人在校园，并不影响与外界接触，同理，人在贵州，视野同样会延伸出去。这种延伸，则促进了我的成长。

从中学办油印刊物到大学办《诗报》和后来在网上弄“诗歌论坛”，再到活动，这源于一个初衷：弄一块园地（或阵地），聚集一帮同好，搭建一个交流平台。而促使这些行动的，是对诗歌的激情和对交流及成长的渴望。

我所认同的交流，是在阅读、交往中，来自作品、人本身的信息综合传递，而不是直接的理性言说和表达。所以，你会发现我自己不喜欢说道也反感所谓的诗歌道理，我喜欢闲聊而讨厌一本正经的诗歌评论。

阅读经验会间接进入我的写作。与生俱来的民族资源和气质的蕴含，加上上面说到的那些影响过我的诗人和作家，从对他们的阅读中所获取的，构成了我诗歌的基本气场。

张： 最近几年你好像逐渐从关于诗歌的社会性活动中退身出来了，是什么使你发生了这样的变化？这种后退对你来说是暂时性的还是长期性的？

西： 你或许看到，我微博的个人介绍里写了这么一句："退役诗人"，和朋友聊天提到诗事时，都会自嘲地说"那是你们诗歌界的事"。其实，这都是玩笑。这种退出并没有过多的原因，只是和我的写作停止相关。诗人生命是靠写作和作品维系的，若你未曾写下有影响力且能延续你的诗歌生命的好作品，而你的写作停止了，诗人身份便已不复存在。近几年来，由于工作和生活状态的变化，我几乎停止了诗歌写作，自然就无力或无心参与各种诗歌活动。这种远离并非有意为之。今年以来，工作和生活再次发生变化，从外到内都让我有了重新写作的可能。最近，我开始敲击键盘，力图找回状态，而写作一旦开始，参与诗歌活动也将是自然而然的事。

张： 你和赵卫峰、黑黑一起被称为"贵州诗坛三剑客"，在今年五月份举行的"当代贵州文学创作中的民院现象"研讨会上，有一种新的说法认为，三剑客并非实指你们三人，而是以你们为代表的一个诗歌群落。对此，你怎么看？而群落是否就意味着圈子化？

西：“贵州诗坛三剑客”，是对我们三人的指称，也是对一个现象的概括。2000年左右，在贵州年轻的诗人中，我和赵卫峰、黑黑三人写作上相对活跃，加上我们系贵州民族学院的师兄弟，现实中也走得比较近，经常聚在一起或参与活动，因这种集中，在大家的心目中形成了“三人印象”，至2001年，我们合著的诗集《过程：看见》出版，于是就有了“三剑客”的说法。在写作上，我们风格各异，但这并不影响我们之间的交流。那段时间，以“三剑客”为中心，团结了众多的贵州年轻诗人。

在诗歌的世界里，人们被年代、地域、价值取向、写作风格等等各种分类进行相对的集中，必然产生或大或小、或紧或松的圈子，而圈子之间也可能是交叉的。我不认为圈子是个贬义词。

至于“三剑客”到底是指三个人还是一群人，是不是圈子，这并不重要。重要的是，当时活跃的贵州年轻诗人，曾让21世纪初的贵州诗歌不至于寂寞，那氛围至今依然让人怀念。

张：记得你曾经把自己创办的“新石器诗歌论坛”改为“抒情诗论坛”，对诗歌的抒情性的重视应该说构成了你作品的招牌。如果就诗歌的古老传统来看，抒情确实构成了诗歌的核心元素，在古典时期，众多诗人和作品的表现形态虽然各有不同，但这些繁多的表现手法最终都指向了抒情。在中国的古典诗学中，虽有“情”“志”之分，而就其本质来说，志也是通过情来表达的。但对于现代诗歌，抒情仍有那么重要吗？对你而言，抒情是一种手段还是本身就是目的？

西：我诗歌写作的抒情因子，可以追溯到我幼年接受的民族民间文学的启蒙上，以及后期一些诗人的影响。抒情只是一种通过语言组织来进行表达的方式，我认为这样的方式比较适合自己而已。只要有表达的需要，就会有抒情的存在，所以，无论是古代诗歌或现代诗歌，都无法越过抒情这一路径。对于一首纯粹的抒情诗而言，抒情本身是手段也是目的，而对于写作来说，抒情永远只是一种手段。

张：在我的理解中，从艺术形态的文化动因来看，抒情通常更多与农业文明联结在一起。农业文明时代的世界具有相对的统一性、完整性，经验中的事物也具有更多原初的诗性特征，在进行诗学处理时更容易激发生命中的直觉性经验，最终达到一种圆融的效果。现代社会的多元性、碎片化则逼迫我们以复杂得多的经验去判断、分析，智性因素在对生活经验进行诗学处理的过程中发挥了更大的作用，抒情也由此开始变得困难。对这个问题你怎么看？

西：抒情不论是作为一种表达冲动还是作为一种手段并不受限于某一种文明形态。外在的客观世界是会对我们的写作造成一定的影响，但更关键的因素在于表达主体本身。对表达主体的考验更甚于对抒情这种表达方式的考验。对我来说，一首诗歌的写作都并非一次简单的情感抒发就可完成，亦非将抒情作为唯一的技能进行运用所能达到，社会的多元性一直存在而非只今日才有。

张： 抒情性的诗歌一般来说有一种高蹈的特征，而且常常和回忆联系在一起，也就是说更趋向于务虚而不是务实。但处理现实的能力对一个现代写作者是尤为重要的素质，否则很难产生必要的张力与平衡。你如何理解诗歌对现实的介入？或者说，对过去生活经验的提取如何与当下的生活取得一种对应的关系？

西： 实际上，目前我们的诗歌写作，对各种语言组织形式的调用，对不同技艺的发挥，已远比一般意义上单纯的抒情要复杂得多。回忆与现实，甚至幻想与现实，虽无法同存于同一时空，但在同一首诗里面却成为可能。我在大多的诗里，都在尝试这种复杂的、过去与当下的经验交融，比如《幻听或骑虎者日记》。

张： 我注意到你的诗歌虽然有浓郁的抒情意味，但很多作品的发展又与叙事性因素有着紧密的关系。很多人认为要处理当下经验就必须充分调动叙事的作用，你在写作中如何协调两者之间的关系？

西： 你说的叙事我更愿意理解为叙述。可以这样说，叙述是对诗意的呈现，抒情则是对诗意的张扬和升华。一首诗歌的写作是一次飞行，我们用叙述来构建一条航线并遵循它而前进，抒情是围绕、跟随我们的云和大气。我们靠叙述的严谨把握来保证航向，同时以抒情的节奏获得凌空的扶摇感。

张：多年来你一直在从事新闻方面的工作，工作性质和工作环境有没有对你形成什么特别的影响？前者容易使人产生一种写作的惯性（惯性多数时候也就是惰性），因为你必须尽快用公共语言对当下发生的事件进行表述；后者则使人无可逃避地处在当下事件的前沿甚至漩涡中，而且在一定程度上成为了事件的直接介入者，这很难让人即时产生超越性的视线，获得一个回旋的空间。黄灿然就曾在诗中表达过这种两难处境。你有没有遭遇过类似的困惑？

西：每一个写作者都拥有双重身份——社会性和个我性，外和内——我的感受是这不是一种决裂而是两种身份构成丰富的统一。它们之间有冲突却不直接。工作和写作这两种行为往往发生在不同的时间和情景下，尽管有思维惯性的羁绊，但并不足以造成影响。

张：你是苗族，你在家乡的日常生活中主要使用苗语还是汉语？如果使用苗语的话，在早期的表达（比如小学作文）中有没有造成过困扰？苗语和汉语就表达来说有什么区别？

西：我的成长期是在苗语语境中完成的，虽然现在已离开了出生地，但与亲人交谈、通话时，尽管我们都能说汉语，苗语一直是唯一的通用语言。这是一种习惯，也是潜意识里对一种语言的尊重。早年开始汉语文学习时，有一定的困难，对一些知识的理解相对迟缓，但并没有造成困扰。苗语和汉语的区别更多是语言学范畴的，对写作来说，两种语言的语境和思维不同，在表达上存在“翻译”的过程，但随着对汉语语境的适应，思维习惯也随之发生了变化。

张：语言无疑是诗歌的核心要素之一，没有了语言也就没有作品的存在。一种语言意味着一种不同的文化、思想乃至于不同的思维方式。实现不同语言的跨越在一定程度上来说是不可能的。对你而言，这种跨越还是多重的，首先是从苗语跨到汉语，工作后还面临工作语言/公共语言与诗性/个人性语言的转换。你如何理解并处理生命中这些不同的存在情景？

西：我是用汉语写作，正如上面所说的，当我适应汉语语境，掌握了汉语文这个工具，在写作上实际已不存在语言跨越的问题。关于公共语言与个性化语言的问题，语言所带来的，只是另一种不同的经验，反而成为一种独有的资源。

张：我们都是很长时间生活在乡村，然后过渡到城市。对我来说，认知世界的经验依然还有不少来自于乡村，直到现在，虽然知道还乡已经不可能，我还是认为自己并没有能够真正融入城市生活，也缺乏处理城市生活的经验，偶尔涉及好像也只有表象而不能深入这种生活的肌理。你是否产生过这种断裂感？如果有，如何把它转化为有效的诗歌表达？因为在当下，一般意义上的“乡愁”似乎已失去表达的合法性……

西：从一种文明进入另一种文明，这是一个痛苦而缓慢的过程，但我会更积极一些。这种文明的冲突，在我的《妖精传》中就有明显而强烈的表达。当时刚毕业踏入社会不久，对这个现代化的城市充满融入的渴望，而满目却是陌生和不适感（尽管在上大学时已来到这座城市，但求学的岁月里我们的身份依然还是一个过客）。有如电影《海上钢琴师》中的主人公最后面对茫茫无边的城市，那感觉比大海还辽阔而难以掌握，他选择了却步。对我们而言，当生存成为一种必然，进入亦是必然的，写作亦然。

张：在一段时间里，你曾经强调诗歌中的民族与地域性因素的意义。什么原因促使你关注这些因素对于诗歌写作的意义？这些因素如何介入到诗歌的意义生成和结构中？因为提出一个判断是容易的，但厘清它们的作用及意义产生的方式更加重要。就像我不否认你的抒情才华，但如果用一句天性抒情来了断却难以让人信服。

西：实际上并不是强调或主张，只是较为集中地体现了这些因素。首先是表达的需要。在前面我们聊过我最早的写作动因，正如张承志表达的“骑手为什么歌唱母亲”那样，这是一种潜在的责任驱使和担当。其次，是一种资源和精神支撑，每一个诗人的写作进行到一定的阶段，都会自觉地建立自己的话语和资源体系，在一定量的集中后，让我猛然发现，自己的话语资源和精神背景正在民族和地域上，于是，便从自然的生发变成自觉的发掘。

张：我注意到2002—2004年期间，你的诗中不时出现苗语词汇，这些特定的词语是作为符号存在还是可以看作你试图在现代生活和民族传统之间构建精神通道的一种尝试？还有，在你看来，民族性和地方性的经验（知识其实是由经验构成的）如何上升为具有通约性的精神遗产？

西：它们不只是符号或标签。首先，我试图通过这些词语实现过去经验和当下生活、民族精神和现代文明的对接。其次，从语言的层面上来说，最初是因为这些词汇无法直接用汉语意译，或者翻译无法表达其本意，于是直接用音译，由此在某种程度上给读者带来陌生和新鲜感，这只是一种意外的结果。

有句话说越是民族的就越是世界的，这是另一种意义上的共同感。对于写作者来说，民族性和地方性经验是无法通约的，或者说这种通约是十分局限的，这决定于每一个写作者自身所处民族和地域的天然阻隔。

张：从你的写作经验来说，你更信赖自己对事物的直觉还是对词语的直觉？或者谈谈你对两者之间关系的体会？

西：直觉是具有欺骗性的，但它往往成为一首诗歌的起因。我对两者都不信赖，而一旦进入写作中，词语与经验则成了主导，词语激活经验，经验调动词语，推动和完成一次诗歌写作。

张： 你的诗歌写作到目前为止，似乎更喜欢使用组诗这一形式，没有看到你创作长诗。这种形式上的选择有什么美学效果上的考虑还是一种随机性？

西： 实际上这并不是组诗，它们构成的仍然只是一首诗，用序数或小标题来将其分段，每段是一个相对独立的小单元，但又缺一不可，每个单元之间是递进而非并列关系。在写作构思中也正是如此。在篇幅上，我基本没有写超过100行的诗歌，超过30行的诗歌，我都会这样处理。我认为这样的篇幅比较适中，而分解为几个小题，会让一首诗的构成元素更丰富，阅读起来节奏感更强，并可形成缓冲和过渡，减低阅读的疲惫感，在视觉上来看也更具有美感。

张： 对诗歌写作的提升，有人认为来自经验的积累，也就是技艺；有人认为来自灵光的闪耀，只有自动到来的状态才值得去表达，你更注重哪种方式？

西： 我更倾向于前者，我一直相信诗歌是一门语言的技术活。灵感，只是诗歌写作的一个基础的动因。

张： 从你早期的作品到近期的作品，词语的光华和躁动感逐渐弱化，清新明丽也逐渐转向博杂和沉痛，这与你年龄和阅历的增长是否有某种同构关系？

西：这肯定是有关系的。一方面是对语言认识和修炼的结果，太明亮的词恰恰不具准确性和有效性；二是诗歌本来就与年龄有关，逐步进入中年写作，一些东西自然会被过滤掉。

张：记得你网上的专栏叫“妩媚归途”，还有一篇诗学随笔叫做《妩媚归途：艰难的返乡之旅》。这种命名中是不是有一种必然：你把每一次诗歌书写都看作是一次精神返乡的仪式？

西：在曾经的一段时间，我特别迷醉并焦虑于“归途”一词。处于一种“归途何处”的状态，是对去处/终极的寻找而非返回，这个终极可能在过去，也可能在未来，或许就是在当下。或许在某种情况下曾被我扭曲地表达或被人们误解过。这个过程是漫长而痛苦的，而妩媚只是我的一厢情愿，它可能，或不可能。而书写对我来说，依然只是表达，正如我曾在一首诗的题引里说的，我只有讲述它才能得到安慰。

注：本文原载于《山花》2011年第10期B版“诗人面对面”栏目。

从歌者到巫者

——论西楚作品的民族文化特质

赵文超

贵州是一个多民族的省份，苗族是贵州人口最多的少数民族，贵州苗族人口占到了全国苗族总人口的一半，深邃悠远的民族历史和丰富多彩的民族文化养育着一代代苗族作家诗人，成为他们创作的源泉和担当。21世纪以来，贵州涌现并活跃着众多的苗族诗人，其中较具代表性的有西楚、末未、惠子、木郎、吴治由等。而西楚，是其中作品风格最为独特、民族性特征最为显著的一个，与另两位诗人赵卫峰、黑黑被并称为“贵州诗坛三剑客”，是中国70后诗人阵列中重要的一员。

纵观西楚的诗歌创作，大多作品充满着强烈的民族意识，有对地域风物和民族的叙写，也有对传统和现代都市的对立式反思，对苗族文化的追寻、对民族精神的彰显，将民族性、现代性较好地兼容统一融入诗歌写作中，让自己远远区别于同时代的苗族诗人和其他民族诗人，以独特的抒情气质和民族文化传承的担当，在当代诗歌中独树一帜。

一、苗族语境，被施了魔法的语言

西楚用汉语写作，而他的母语是苗语，并且至今依然继续使用着。西楚的出生地在贵州松桃苗乡，从小在苗族文化的氛围中成长，上学后才接受汉语教育，大学毕业后留在省城工作。尽管离开了他生长的地方，离开了苗语语境，但回到家乡他与家人谈话交流，或和家里亲人通电话的时候，一直用苗语进行。在一次访谈中，谈到这一现象，他曾说："我的成长期是在苗语语境中完成的，虽然现在已离开了出生地，但与亲人交谈、通话时，尽管我们都能说汉语，苗语一直是唯一的通用语言。这是一种习惯，也是潜意识里对一种语言的尊重。"而在写作中，母语对他而言，已不仅仅是一种尊重，在这种苗语与汉语不断交错的特殊的语境下，他似乎掌握了语言的魔法。

在西楚早期的诗作中，就已有这样让人嫉妒的诗句："大风斜斜地吹，一个人走在他的嘴唇边上 / 直到消失也没有说出一句话"（西楚《向上，或第一个词》），"摇晃的路途中走回溃散的队伍 / 我是期间最后的一个，被一支歌反复地击倒"（西楚《挽歌》）。

这样动人的句子，是母语赋予他的先天红利和后天对现代诗歌语言艺术精心研习的结果。一是苗语的语法、句式、语感都与汉语大相径庭，这种语言场域的交换而带来意外的惊喜。二是正如我们知道的，由于没有文字，苗族长期以来都是通过口传的诗、歌来记事和表情达意，这必然要求语言在准确描述的基础上有动人的表达，才能让所述之事得到更好的传承、传播，西楚在苗语语言思维中继承了这样的基因并经多年的训练成为惯性。三是苗族语言是一种感性的语言，天生就自带情感的属性和色彩，无论是表达欢乐或悲伤，感知上都会先人一步达到，尽管这种语言思维在汉语写作中被“翻译”了一道，但由于作者掌握了较为纯熟的汉语写作技法，因此这种转场只像将同一张CD放进两台差不多的碟机那样，并没有更多过滤它的“音效”。四是丰富的想象力，在延展他诗意空间的同时，也对语言的表达起到了强烈的助推效果。由于长期以来生存的空间较为边缘和封闭，较少受到外来文化影响，少数民族的思维以直觉、感性为主，在文学艺术上，往往表现出惊人的想象力，诸如各种神话传说、古歌。正是如此，“怀抱十二月梦游天下”“村庄张嘴吐出乌鸦”“走在嘴唇边上”“摇晃的路途”，他所创造的这一类看似不可思议的语言组合，来到汉语里，化为诗歌语言，所构建的意象空间是如此新奇又不失诗性的合理。

他的语言风格是如此饱含感情，动感十足。这样的句子在西楚的诗中随处可见，“像一瞬间钝掉的刀锋”（西楚《2007》），“他让黛帕达在午夜独自骑飞机回家”（西楚《妖精传》），“……这是不宜再见的道别 / 吐出一个词便万念俱灰”“……一头无名的羊 / 在若干年后，被草地牵肠挂肚地想”（西楚《牧羊人之月》），这样的诗句，有如珍珠般在他的诗作中闪亮。著名70后诗人、诗歌评论家梦亦非说：“这样的句子是学不来的，它需要天生的才华，聪明如爱丽丝（注：梦亦非文中自称）者，好学如爱丽丝者，也学不来这样的句子。”

二、意识觉醒，自觉的民族文化传承

如果说在西楚早期的作品中民族性只是随语言自然流露，那么到了中期，则表现出强烈的民族意识，这种觉醒和不断深入，也恰恰把他的写作推向高峰期。《妖精传》《给黛帕达的哀歌》《枫木组歌》《桃花七杀》《红灯记》《还乡记》《奇婚记》《幻听或骑虎者日记》《葬礼上的三个唱段》《荡绕果或小叙事曲》，这些他在2000年以后写作并发表的诗歌中，大多都以苗族文化为底色。而在诗歌表现形式上，都是分小节的中型诗和组诗，透露出他的构架欲望和表达野心。

这时候，牙果、布达、巴狄熊、黛帕达、荡绕果、格鲁格桑，这些具有民族符号性的词汇来到了他的诗中。根据西楚的注释，牙果是苗语里对祖母神的称谓，布达是对外祖父的称谓，巴狄熊是巫师、祭师，荡绕果是地名——他的出生地，格鲁格桑是一座城，黛帕达是指称汉族姑娘。这些词汇，一定程度上加重了西楚诗歌的异域特征和神秘感。

对此，西楚说，这些苗语词汇，“它们不只是符号或标签。首先，我试图通过这些词语实现过去经验和当下生活、民族精神和现代文明的对接。其次，从语言的层面上来说，最初是因为这些词汇无法直接用汉语意译，或者翻译无法表达其本意，于是直接用音译，由此在某种程度上给读者带来陌生和新鲜感，这只是一种意外的结果。”

西楚的《枫木组歌》是笔者最偏爱的一组作品，“那一小段黑暗/拖着长尾巴。像极了/牙果绕过堂屋的轻轻叹息//……//所有的清晨都来得如此缓慢/很长一段时间了/只有牙果和我们在一起”(西楚《枫木组歌·牙果绕过堂屋》)，“只能给你一座阴暗的谷仓/用来收藏/被时间亵渎的身体//只能给你一个月亮/而它太轻/像你给予的爱/整年压在一堆灯草下面”（《枫木组歌·和巴狄熊对话》），语言干净，语气舒缓，语调安静，语境神秘，语意深邃。在此，我们似乎看到，西楚仿佛回到他的孩提时代，被他的“牙果”轻轻牵着小手回到他苗族的世界里，尽管有“黑暗”，“牙果”会“轻轻叹息”，但她在时光里和“我们”永在。需要“谷仓”，尽管阴暗；需要“爱”，尽管“压在灯草下面”，这看似平静的叙写，实是对回归的渴盼，是对根（祖母神）的寻找，对庇佑（祖母神、巫师）的寻找，这是一种对民族精神、文明失落的深深的忧患意识的显露。

前者是一种冷静中的沉重、忧虑，而接下来在《妖精传》，那些诗句则如沉痛的呼喊。“格鲁格桑，在地图上它是致命的，它模糊/而内心尖锐，它宽容/而爱情像飞一样飘忽不定/在所有的晚宴中，将沿袭一贯的灰色礼服/餐刀失去自己的光泽/照不亮黛帕达，和她充满传奇的一生”（西楚《妖精传·有关黛帕达的造访》），“假如让我在雨水充足的陕西路停留半日/我会说：哦，格鲁格桑/这大地的裂痕，这消耗激情的园子”（西楚《妖精传·我之书》），“而遥远的荡绕果，依然有舞蹈/和一日接一日的颂唱，依然有上古的生灵/坚守着那一点点稀薄的阳光。尽管它被一次次/穿越，一次次被风远远吹送”（西楚《妖精传·死之书》），在这首诗中，地图、晚宴、礼服、餐刀、陕西路这些现代化、城市化图景，和上古的荡绕果形成了意象及感情上的强烈冲突，激动的抒情表达中，可以想象一个苗族青年知识分子，置身现代都市中面对物化世界、强势的异族文明，与此同时，自身民族的文明却逐日“稀薄”，无力，他只能感叹，只有无奈，和无望的坚守，乃至于言说中对他所在的这座城市，都用“格鲁格桑”指称而不用其汉名“贵阳”。在《还乡记》中，他则这样写道：“随手剥开棕树叶，那被层层包裹的柔软心脏／还在起舞——／遗憾的是，黄昏来得太快，我们的城转眼间就没有了影子”。他这样发问：“钟表匠人打算回家去，时间／哗哗地流，北半球／属于我的这一半，还属于什么人？”（西楚《北半球》），他对精神故乡的寻找，和不断的发问，让人深思：如此时代，灵魂何处安放？

这是一种严重消耗生命乃至灵魂的写作，此后，或是因为透支太多，或是感到困惑，西楚停笔了很长一段时间。直到 2016 年接近年底时，他带着“伪巫辞”系列诗稿复出，再次点亮了人们的目光。“伪巫辞”的构架是一部“大”诗，包括十二个篇章，每个篇章是一首中型诗或一个组诗，以现代性的诗歌艺术对苗族历史、文化、巫术、精神，苗族人的生命、死亡、世界观、信仰等进行了一次重构，表现出他对民族文化传承的自觉担当。

三、母语光辉，在诗歌中的闪耀

西楚闪耀着母语光辉的写作，超越了文字和技巧，他诗歌作品独特的抒情气质和对民族性的良好把握，实现了从一名歌者对巫者的嬗变，使他获得了较高的评价。苗族学者、评论家龙建刚说：“西楚的诗歌在中国诗坛上展现巫一般的神奇与惊艳。”诗人、评论家梦亦非说：“……就算西楚不再写作，他也仍然是70后诗人中重要的一个，且是最有才华的一个。”作家、诗人王蔚桦说：“……从诗本身来讲，西楚几乎可以说是当下贵州诗歌界中诗才最好的诗人之一。”诗人、评论家黑黑说：“一向认为西楚的诗才令人赞叹。那种奇幻中充盈的秀美，斑斓中饱满的明净，显然只能出产于南方，只能出产于神秘的苗峒。那只能是天生诗性。”

在每一个作家、诗人的成长史和写作史中，发展进行到一定的阶段，都会自觉地去寻找、建立自己的创作资源体系，有如属于写作者自己的一座矿床，马尔克斯的马孔多小镇，莫言的高密东北乡，于坚和雷平阳的云南，郑小琼的工厂，都让他们写出了无愧时代的经典作品。

西楚的矿床则是他的苗乡，乃至缩小到那个叫荡绕果的苗寨。通读他的作品，我们可以充分感受到，这种资源体系的建立过程。当他偶然将民族文化引入诗中并获得惊喜，当这种元素的集中达到一定量后，让他猛然发现，自己的创作资源和精神背景正在民族和地域之上，于是，民族意识在他的写作中，便从自然的生发变成自觉的发掘。可以这么说，“荡绕果”，它的所指是诗人的出生地，而在它的能指中则已泛化，这个名字已不是一个具体的村寨，这是他选择、忠于的精神之乡。对西楚来说，选择“荡绕果”是一种潜在的还乡路径，是责任驱使和担当，同时，“荡绕果”对他也是一种资源和精神支撑。

写自己的民族、写自己熟悉的那一片地域，是一条寻找和挖掘矿床之路。但当下一些少数民族诗人，容易满足于照相机式的复印民族风情和对乡土的礼赞式歌唱，而缺失了民族、地域与世界、时代的联系，生命意识以及忧患意识。西楚的诗歌写作，已跨越了这道藩篱，对于少数民族青年诗人的创作来说具有一定意义上的参考价值。

我们相信，作为使用汉语写作的苗族诗人，西楚们的努力，将会让其民族独特的文化得到认可、尊重和传承，不仅对于文学，对于民族都具有积极的意义，同时也为充实和丰富中华文学这座大厦作出应有的贡献，让民族的光辉在时间的长河中持久闪耀。